PUBLISHING
L.L.C.

TUTTI E NESSUNO

ANNALISA CONTI

TUTTI E NESSUNO, romanzo

A Emmanuel

INDICE

RINGRAZIAMENTI

Il primo e piú importante ringraziamento è per Emmanuel, che mi ha ispirata, sostenuta e incoraggiata durante tutto il lungo percorso che ha portato alla nascita di questo libro. Un ringraziamento speciale a Libby, per aver letto le prime pagine della versione originale in inglese senza completamente detestarle.

CAPITOLO 1, MERCOLEDI 27 GIUGNO 2007

- Il suo appuntamento delle 16:30 é qui, Dottor Williams.

- Grazie Martin. È il signor Sommersville, giusto? - Martin, l'assistente del dottore, annuì rapidamente dall'ingresso dello studio - Molto bene, fallo entrare, grazie.

Martin lasciò il dottore alla sua scrivania, di fronte alla porta, e ritornò verso la sala d'attesa, dove si avvicinò all'uomo imponente che sedeva sprofondato in una delle poltrone: - Signor Sommersville, il dottore la aspetta.

Thomas Sommersville si avviò mestamente verso l'ufficio.

- Come si sente oggi signor Sommersville? È una giornata da divano o da sedia? - Il dottor Williams domandò con un sorriso da dietro la scrivania.

- È un giorno da divano, Dottore: è stata una settimana davvero terribile.

Senza abbandonare il suo sorriso accogliente, il dottor Williams aprì il quaderno degli appunti e cercò la prima pagina bianca, mentre il signor Sommersville si sistemava sul divano. Per qualche ragione il dottore non aveva mai voluto utilizzare un registratore durante le sue conversazioni con i pazienti: lo trovava un mezzo troppo intrusivo, mentre il suo scribacchiare tenue faceva da lieve sottofondo alle loro voci.

- Mia figlia è venuta a cena da me qualche giorno fa. Non ha lezione in questo periodo ma è ancora qui in città, e viene a trovarmi almeno una volta alla settimana. Come sa ha iniziato l'università l'anno scorso: ha scelto Columbia, per restare vicina a casa, vicina a me, e per poterci vedere il più spesso possibile. È veramente una persona straordinaria.

Quindi dicevo, è venuta a casa mia a cena giovedì. Aveva quella sua espressione di sempre, tranquilla e serena. Si era anche messa un vestito estivo, colorato, e si era fatta qualcosa ai capelli, un'acconciatura: una cosa speciale per la nostra serata, per me, così ha detto. Sembrava proprio felice. E la cena è stata deliziosa: una bella serata in terrazza. La mia cameriera aveva cucinato italiano, mia figlia Julia moriva dalla voglia di raccontarmi di tutti i libri che sta leggendo per prepararsi al corso di letteratura inglese che inizierà in autunno, di tutti gli amici che ha, di come tutto sia sempre così nuovo, entusiasmante, e le faccia venire voglia di scoprire il mondo. Ha diciannove anni dopotutto, chi non vuole scoprire il mondo a diciannove anni?

Il dottor Williams non aveva ancora capito in che direzione stesse andando il signor Sommersville: gli sembrava che nulla di troppo tragico potesse disturbare una cena tra padre e figlia. Era anche vero che il signor Sommersville era diventato molto pessimista dopo che sua moglie era morta qualche anno prima: si era convinto che niente potesse più andare per il verso giusto, mai più. Si era lasciato abbattere dalla depressione, e così aveva conosciuto il dottor Williams.

Thomas Sommersville una volta lavorava a Londra, in qualche banca d'affari. Un uomo profondamente dedicato al suo lavoro e alla sua famiglia, fino a sentirsi in colpa per la morte di sua moglie: gli sembrava di non aver fatto abbastanza per lei, di non aver passato abbastanza tempo con lei o speso abbastanza soldi per le sue cure. Ovviamente lui non aveva alcuna colpa: il cancro aveva alla fine avuto la meglio su di lei, e lei l'aveva lasciato da solo in una casa piena di medicine, ricordi, e Julia. Era scappato da Londra a New York per mano ad una bambina di dieci anni, sperando di dimenticare. Non aveva funzionato: durante quei nove anni passati a Manhattan, Thomas Sommersville aveva perso qualche capello e preso qualche chilo, ma tutto il resto era rimasto uguale. Il dottor Williams era riuscito a dargli un po' di sollievo nei due anni precedenti di sedute settimanali, ma le sue ferite avevano ancora bisogno di tempo per guarire.

- Eravamo al tiramisù - Il signor Sommersville stava continuando nel suo racconto - Quando il viso di Julia ha preso quella sua espressione, la faccia che dice "Papà devo dirti una cosa. Non so bene come dirtela, ma devo dirtela, quindi te la dico". Quella faccia mi terrorizza sempre. Così Julia mi dice:

"Papà devo assolutamente dirti una cosa, ma non so bene da dove cominciare". Come le dicevo, Dottore, sapevo che c'era sotto qualcosa.

"Quindi sputo il rospo: ho conosciuto qualcuno", e Dottore lei può immaginare lo shock!

- Signor Sommersville, sua figlia ha diciannove anni, è normale che incontri qualcuno, che si innamori: succede a tutti, prima o poi.

- Ma lei è troppo giovane, e quest'uomo che lei ha incontrato è talmente più vecchio di lei! E tra l'altro è un avvocato, si immagini come sarà capace di manipolarla.

Il signor Sommersville sembrava più vecchio e più stanco ad ogni parola, come se parlare dei suoi problemi stesse lasciando fuggire tutte le energie dal suo corpo, respiro dopo respiro. A volte per i genitori è difficile rendersi conto che i figli stanno crescendo.

- Mi ha raccontato che l'ha conosciuto tramite qualche compagno di corso, che non si sono neanche parlati in quella prima occasione, e che lei è giusto rimasta a fissarlo per tutta la sera. I ragazzi sono così stupidi! Poi si sono rivisti un'altra volta, e hanno passato tutto un pomeriggio a parlare di libri, di politica, ed era fatta: era già cotta di lui, innamorata persino, ed era sicura che anche lui fosse già innamorato di lei. Non le sembra davvero stupido tutto questo?

- Signor Sommersville, sono sicuro che lei vuole che sua figlia sia felice, e che possa vivere una vita piena, non è vero?

Il signor Sommersville restò pensieroso per qualche secondo: - Certo che voglio che sia felice, non è questo il punto. Il problema è che lei non sa cosa la può rendere felice: ha solo diciannove anni, deve ancora imparare cosa sia la vita ed i suoi problemi. È ancora una bambina, Dottore, è questa la verità. E io sono già troppo solo per farmi abbandonare anche da lei.

- Vede è proprio questo il punto - Il dottore sorrise e si sporse sul tavolo, per avvicinarsi al divano in cui il signor Sommersville si stava infossando sempre di più - Questo è il punto che lei deve sempre tenere a mente: Julia non la sta abbandonando. È piena di vita e felice come tutti i ragazzi, e lei dovrebbe approfittare di questi momenti con sua figlia, accompagnarla nella sua scoperta del mondo e della vita. Julia potrà trovare gioie o delusioni, e lei signor Sommersville sicuramente dovrà affrontare ansie e preoccupazioni, ma è questo che i genitori fanno in continuazione: pensano ai loro figli. Ed è proprio di questo sostegno che Julia ha bisogno in questo momento.

- Magari ci possiamo trasferire in California e ricominciare da zero...

- Scappare non è mai la soluzione, Thomas, può fare molto meglio di così.

Il dottor Williams sospirò e lanciò un'occhiata all'orologio appeso alla parete di fronte a lui: erano le 17:35.

- Per oggi il nostro tempo è finito, signor Sommersville; ci vediamo mercoledì prossimo.

Thomas Sommersville lo ringraziò con una rapida stretta di mano, ed uscì.

Il dottor Williams guardò fuori dalla finestra e decise che per oggi ne aveva avuto abbastanza: un sole invitante avvolgeva la città di New York. Il signor Sommersville era il suo ultimo paziente della giornata, e gli appunti delle conversazioni di quel giorno potevano aspettare fino a domani per essere riletti e archiviati.

Rimise il quaderno nel primo cassetto della scrivania, lo chiuse a chiave e si avvicinò all'attaccapanni che stava impettito accanto alla porta dell'ufficio. Fece scivolare la chiave del cassetto nella tasca della giacca, dove aveva lasciato il suo cellulare quella mattina. Era ancora lì: un messaggio da suo fratello Ed, una email dalla sua università e un paio di messaggi dai suoi amici Andy e Sarah. Non male per un mercoledì, considerando che Martin si occupava di tutta la corrispondenza, fisica ed elettronica, dell'ufficio.

- Martin, vado a casa - Disse il dottore, aprendo la porta del suo ufficio ed avvicinandosi al bancone di Martin nella sala d'attesa - Vai a casa anche tu.

- Giusto un minuto, Dottor Williams, devo sistemare un paio di appuntamenti per domani pomeriggio: Sylvia Fischer non può venire prima delle cinque.

- Va bene, terrò il calendario sott'occhio sul telefono, come al solito, dovessero esserci degli aggiornamenti dell'ultimo minuto. Al giorno d'oggi la gente riesce ad essere più puntuale ad una lezione di spinning piuttosto che ad un appuntamento dal medico.

Martin represse a stento una risata - Non sia così cinico Dottore, i suoi pazienti sono persone abbastanza ragionevoli.

- Hai ragione Martin, abbastanza.

Era una lunga camminata dall'ufficio in Washington Square fino al suo appartamento in Columbus Circle, ma il dottor Williams cercava di rientrare a piedi il più spesso possibile. Gli piaceva la parte sud della Quinta Strada: una zona residenziale molto tranquilla, fatta di magnifici edifici lontani dalle boutique di lusso degli stilisti europei e dai loro clienti un po' matti, griffati dalla testa ai piedi. Passato il Flatiron Building, svoltò a sinistra sulla Broadway e si fece inghiottire dal fiume di turisti che vagavano tra Macy's, Victoria's Secrets e H&M; nuotò nella corrente fino a Times Square, accettò con un sorriso di scattare una foto a due portoghesi con il Cowboy Nudo di Times Square, e continuò a camminare verso nord. Girò a sinistra un paio di isolati prima di arrivare a Central Park, e raggiunse il suo palazzo in qualche secondo.

Il portiere di notte era già al lavoro: - Buonasera Dottore, bella giornata eh?

- Hai ragione Harold, bellissima giornata.

Gli piaceva il suo appartamento: una festa di finestre e di luce, una bella vista sui grattacieli che lo accompagnava sempre nelle sue serate di lavoro; un posto piacevole e pulito, anche se tutto il merito andava alla sua donna delle pulizie.

CAPITOLO 2, GIOVEDI 28 GIUGNO 2007

Sveglia. Mattina, 6:45, la sveglia suonò e si spense subito al lieve tocco del dottor Williams: era già sveglio.

Controllò il calendario sul suo telefono per ricordarsi chi sarebbe stato il primo paziente quel giorno, e trovò Leslie Connors. Era uno di quei pazienti che volevano sempre il primo appuntamento della giornata, e in qualche modo Leslie riusciva sempre ad arrivare nel suo studio prima di lui, a volte perfino prima di Martin. Si metteva allora ad aspettarlo fuori dalla porta principale o nella sala d'attesa; la vedeva benissimo nella sua testa: la borsa in una mano, un occhio all'ascensore, un piede che batteva ritmicamente sul pavimento.

- Sono già in ritardo per lei!

Il dottor Williams si infilò di slancio in una maglietta e un pantaloncino: neanche Leslie Connors poteva impedirgli di fare la sua corsa mattutina al parco. Era il solo momento in cui il suo cervello riusciva a fuggire da tutti i pensieri che lo soffocavano, alcuni legati ai suoi pazienti, altri invece fatti in casa. Correre spegneva tutto per quarantacinque minuti, un silenzio radio di cui il dottor Williams cercava di non privarsi mai.

La metropolitana A stava giusto entrando nella stazione della 59esima Strada mentre il dottor Williams, ormai vestito in giacca e pantaloni, raggiungeva la banchina: tempismo perfetto.

Meno di venti minuti dopo, le porte dell'ascensore si aprivano sull'undicesimo piano del palazzo dove il dottore aveva il suo ufficio. Sporse la testa fuori dall'ascensore, guardingo: nessun segno di Leslie Connors. Controllò il suo telefono, le 8:01: non riusciva a credere che lei fosse in ritardo!

E infatti non lo era: Martin era arrivato da qualche minuto ed aveva aperto la porta principale dell'ufficio; una volta entrato, il dottor Williams la vide lì, dritta, la borsa in una mano, gli occhi fissi sulla porta d'ingresso dell'ufficio.

- Buongiorno signorina Connors, come sta oggi? Buongiorno Martin, passato una buona serata? Signorina Connors, venga pure nel mio ufficio quando è pronta.

- Vengo subito Dottore, vengo subito! - La sua voce era allo stesso tempo dolce e acidula, i suoi modi educati e sbrigativi. Era una donna complessa, e un paziente complicato. Leslie Connors seguì il dottore nel suo ufficio, senza accorgersi del mezzo sorriso di Martin dietro di lei.

- Ha bisogno di sistemarsi, Dottore? Mi siedo giusto qui sul divano e l'aspetto.

Il dottor Williams chiuse la porta del suo studio ed adagiò la giacca sull'attaccapanni.

- Non si preoccupi, devo giusto prendere il quaderno e sono pronto. Come andiamo oggi? - Aggiunse alla fine, sistemandosi alla scrivania ed aprendo il quaderno alla prima pagina bianca.

- Andiamo bene, credo. Proprio qualche giorno fa stavo parlando con Cora, e mi è venuta un'idea veramente geniale, di cui vado già molto fiera.

- Chi è Cora? - Il dottor Williams aveva posto la domanda con genuino interesse: Leslie Connors in qualche modo sembrava già conoscere tutte le rappresentanti femminili dell'alta società di New York, eppure quasi ogni settimana spuntava fuori un nuovo nome.

- Cora è una nuova amica che ho conosciuto grazie a Jennifer. Si ricorda di Jennifer, vero?

Il dottor Williams annuì con un sorriso: Jennifer era uno dei nomi ricorrenti nei suoi incontri settimanali con Leslie Connors. Era l'ideale che la sua paziente aveva come obiettivo fisso: sposata con un grande nome di Wall Street, duplex da qualche parte su Park Avenue, primo figlio in arrivo.

- Cora è la ragazza più dolce che abbia mai conosciuto, è deliziosa. È giovanissima, nel senso che è un po' più giovane di me, visto che ha venticinque anni, più o meno. È cresciuta in una cittadina del Kentucky, un paesino di contadini, molto pittoresco, grazie al quale ha questa naturale inclinazione ad essere totalmente gentile e rispettosa con tutti. È una cosa così rara qui a Manhattan: voglio dire, noi che siamo nati e cresciuti qui a New York siamo delle persone per bene, ma tutta questa gente che viene qui, e pensa di essere migliore di tutti gli altri... Sanno essere così maleducati e aggressivi, non li sopporto. Ma Cora è diversa, lei è davvero gentile, non deve sforzarsi per esserlo; per esempio, quando mi dice che un abito mi sta bene, o che Jessica è una persona squisita, so che lo pensa veramente. So che mi capisce Dottore, anche lei è nato e cresciuto a New York, giusto?

- Sono nato in California, ma i miei genitori si sono trasferiti a Brooklyn quand'ero adolescente: sta a lei decidere se vuole considerarmi un Newyorchese o uno zotico immigrante.

Il dottor Williams sorrise a pieni denti. Cercava sempre di metterla in difficoltà sulle sue (troppe) certezze: la sua totale mancanza di obiettività sulle sue convinzioni la lasciava completamente impreparata al fallimento, e questo le procurava una pericolosissima alternanza di periodi di sovreccitazione e di depressione più nera.

- Oh lei è senza dubbio un Newyorchese, Dottore, troppo intelligente per essere un forestiero. Comunque, Cora è anche molto bella: ha questo fascino così naturale, semplice e lievemente sovrappeso che la rende interessante per qualsiasi uomo. Le interesserebbe conoscerla, Dottore?

Le sopracciglia del dottor Williams volarono verso il soffitto: durante i tre anni precedenti, Leslie Connors aveva cercato molte volte di fargli incontrare qualcuna delle sue amiche, ed ogni volta lui aveva dovuto spiegarle che no, grazie, ma no, non era interessato. Non che non gli interessasse di incontrare nuove persone: in generale era anzi una persona molto socievole. Più che altro era abbastanza convinto che non gli sarebbe interessato molto incontrare le amiche di Leslie Connors: senza neanche parlare del problema etico di costruire una relazione personale con uno dei suoi pazienti o con qualsiasi suo amico, il punto era che i criteri di Leslie

Connors per valutare se una donna potesse essere interessante per un uomo, e viceversa, gli sembravano un po' sballati.

- Lo so, lo so Dottore - Continuò lei senza scomporsi e senza aspettare la sua risposta - Mi ha già spiegato la questione dell'etica, ma trovo veramente che Cora si straordinaria.

In ogni caso, mi lasci venire al punto. Non appena ho conosciuto Cora, a un brunch domenica scorsa, ho subito capito che sarebbe stata perfetta per una persona che conosco. Si tratta di un amico del marito di Jennifer, che è cresciuto in campagna, o in collina, o qualcosa del genere, quindi ha le stesse origini di Cora! E in più si è laureato in geologia che, come lei converrà senz'altro, è un campo strettamente connesso all'ambiente, alla terra e alla natura, quindi anche meglio. Un'affinità totale!

Il dottor Williams sospirò: - Signorina Connors, cosa abbiamo sempre detto a proposito del combinare incontri?

- Lo so, ma questa è una cosa sicura!

- Leslie, cosa abbiamo sempre detto a proposito del combinare incontri? - Il dottor Williams aveva ripetuto la domanda con un tono più fermo, lo sguardo fisso negli occhi della sua paziente.

- Abbiamo sempre detto che non fa bene al mio equilibrio emozionale.

- E mi dice anche perché, Leslie? - Non amava trattarla con condiscendenza, ma era il modo più efficace per farla concentrare sulle sue parole, per aiutarla a razionalizzare le sue emozioni e i suoi pensieri.

- Perché mi concentro e mi esalto troppo per gli incontri che programmo, e poi la delusione è troppo grande quando le coppie non funzionano.

- Molto bene. Dobbiamo sempre ricordarcelo bene: vogliamo che il suo equilibro emotivo continui a rinforzarsi, per lasciarla camminare più sicura e più serena ogni giorno. Questo è molto importante.

- Lo so Dottore, lo so. Grazie per avermelo ricordato anche questa volta, ne ho sempre bisogno. Mi sento sempre più forte quando esco dal suo studio! Quindi, secondo lei Cora e il geologo non sarebbero una bella coppia?

- Non lo so, ma nemmeno lei lo sa, è questo il punto: le persone non vanno sempre d'accordo, anche se tutto sembra combaciare sulla carta. I caratteri sono a volte molto diversi, anche se due persone hanno lavori ed origini simili. Vale lo stesso anche per le amicizie: per esempio, non tutti i miei amici sono medici! E sono sicuro che non tutte le sue amiche sono donne sui venti-trent'anni che abitano nell'Upper East Side, giusto?

- Ha così ragione, Dottore: Sheila abita a Soho in effetti!

Una sveglia stridente interruppe la conversazione.

- Mi scusi Dottore, ma sono le 9 e devo andare. Ci vediamo la prossima settimana.

Un secondo più tardi era già uscita, salutando il dottor Williams con un gesto svelto della mano. Era convinto che la settimana seguente sarebbe arrivata con qualche notizia del primo incontro tra Cora e il povero geologo. Non sarebbe cambiata. Era migliorata rispetto alla prima volta che era entrata nel suo ufficio, questo era fuor di dubbio: molto raramente ormai aveva seri episodi depressivi, ma continuava a mettersi sempre in situazioni pericolose, nelle quali il fallimento era il risultato più probabile. Lei dava sempre la colpa della sua totale assenza di misura alla sua famiglia: sua madre era una versione esasperata della stessa Leslie Connors. E suo padre aveva quasi ottant'anni: non aveva nessuna speranza di poter controllare in alcun modo un'ardente ventenne nel ventre di Manhattan.

Martin entrò lieve nel suo ufficio: - Com'è andata stavolta, Dottore?

- Altri guai all'orizzonte - Il dottore rispose con un mezzo sorriso - Si sta mettendo in un'altra situazione spinosa, vedremo come riuscirà a cavarsela stavolta.

- Speriamo non si faccia troppo pungere dalle spine - Martin prese il fiato - Dottor Williams, il suo prossimo paziente dovrebbe essere qui tra qualche minuto, si tratta di Bradley Hampstead. Volevo giusto ricordarglielo, in caso le servisse un po' di tempo per prepararsi.

- Grazie Martin, ne ho sempre bisogno.

Martin lasciò lo studio, e il dottor Williams aprì un cassetto per prendere il raccoglitore di Bradley Hampstead: certi pazienti hanno bisogno di quaderni tutti per loro.

CAPITOLO 3, GIOVEDI 28 GIUGNO 2007

Bradley Hampstead era un artista: il New York Times descriveva i suoi lavori come "un incredibile viaggio visivo nella mente umana, in un incrocio tra pittura, fotografia e computer-grafica". Alcune sue opere erano esposte al MoMA di New York, ed erano state selezionate per varie edizioni della Biennale di Venezia, negli anni precedenti. Non accettava mai di rilasciare interviste ai giornali, teneva molto alla sua privacy. Solo alcuni dettagli della sua vita era noti al pubblico; tra questi, la lunga depressione che aveva seguito la morte di suo fratello più giovane, quando Bradley aveva tredici anni. Negli anni i critici d'arte avevano scritto molte pagine su come quella tragedia avesse influenzato la sua creatività e l'avesse spinto ad esprimersi in un modo così visivo, così unico. Bradley vedeva ancora suo fratello come un poeta, per quanto uno possa esserlo a undici anni, e si era convinto che non sarebbe mai stato in grado di descrivere o raccontare nulla a parole con la stessa intensità di cui suo fratello sarebbe stato capace. Le parole non erano mai abbastanza forti, ed allo stesso tempo erano sempre troppo pesanti per lui, un ricordo costante della morte di suo fratello.

Bradley aveva iniziato a dipingere quando aveva lasciato il liceo a diciassette anni, per passare qualche mese in un centro di riabilitazione mentale a San Francisco. Parlava a stento all'epoca: non riusciva a concentrarsi su un tema, a spiegare una serie di eventi in successione lineare. Non riusciva neanche a stabilire cosa fosse vero e cosa esistesse soltanto nella sua testa; a volte aveva domandato ai dottori quando sarebbe venuto a trovarlo suo fratello, perché moriva dalla voglia di vederlo; altre volte era rimasto seduto in un angolo della sua stanza, le mani sul volto, in lacrime perché suo fratello era morto. Un giorno, il medico che si stava occupando di lui al centro aveva portato degli acquerelli e dei fogli di carta al loro appuntamento quotidiano, ed aveva detto a Bradley di disegnare la prima cosa che gli fosse venuta in mente, e poi di cercare di spiegargli cosa significava. Bradley aveva usato solo il rosso e il nero: era un fuoco nella notte.

Mese dopo mese, aveva iniziato ad usare qualche pennellata di blu scuro (una volta che il fuoco si era spento e la notte era diventata più calma), e persino un po' di verde scuro, quando l'erba aveva ricominciato a crescere dopo il rogo. Dipingere l'aveva aiutato a focalizzarsi su un'idea alla volta, un passo alla volta: l'aveva aiutato ad esprimere il suo dolore, e a liberarsene poco per volta.

Quando aveva lasciato San Francisco per ritornare a casa dei suoi genitori nell'Upper East Side di New York, aveva continuato a dipingere, ed aveva iniziato a prendere lezioni: pittura, scultura, fotografia, cinematografia, arti visive. Non aveva molti amici, non usciva molto, non gli piaceva Manhattan. Soprattutto, non gli piaceva la scena artistica di Manhattan, non gli piaceva la gente. Sua sorella Emily gli aveva fatto conoscere molti artisti e proprietari di gallerie d'arte: tutti lo adoravano, ma a lui non importava granché.

Il dottor Williams aveva incontrato Bradley qualche anno prima: il suo primo psicanalista di New York era stato uno dei professori del dottor Williams quando lui era ancora all'università e, quando l'anziano medico era andato in pensione, aveva suggerito a Bradley di continuare i suoi appuntamenti settimanali con quel suo collega più giovane. Il dottor Williams non era un appassionato delle opere di Bradley: era il tipo d'arte di cui tutti i critici erano costantemente innamorati, ma che nessuno riusciva a capire - forse non c'era proprio niente da capire, giusto un labirinto di sentimenti. Ma ammirava il giovane artista per aver trovato un modo per controllarsi e sfogarsi, allo stesso tempo, e con tale efficacia.

Bradley non era guarito, ma era stabile nella sua agonia.

I suoi appuntamenti con Bradley erano la sfida settimanale del dottor Williams: il suo paziente non parlava molto durante le ore a loro disposizione, ma di solito portava dei fogli di carta su cui, durante la settimana, aveva schizzato delle emozioni, o dei ricordi. Il dottor Williams li collezionava tutti nei suoi raccoglitori. Di solito erano figure umane tracciate a matita: una donna abbandonata a letto, un vecchio in lacrime, un bambino in fuga. A volte disegnava paesaggi monocolore: un fiume cobalto nella notte, un sole morente in un tramonto viola. Il fuoco nella notte ritornava, a volte. Bradley raccontava i suoi disegni con qualche parola, li contestualizzava nel suo flusso di pensieri. La maggior parte della loro ora scorreva via tra le domande del dottor Williams e le brevi risposte di Bradley, che annuiva o scuoteva la testa. Talvolta i fantasmi nebulosi di Bradley danzavano con i pensieri pallidi del dottor Williams nella sua immaginazione: la donna stesa sul letto era la madre di Bradley, che piangeva il figlio perduto. Si avvolgeva poi nelle lenzuola, affondava la testa nel cuscino, per riemergerne con le sembianze della fidanzata del dottor Williams, Grace; lei gli sorrideva, risistemava il cuscino sotto alla testa e ricadeva in un sonno morbido.

Ogni volta che Bradley lasciava lo studio del dottore, i due si stringevano la mano e si sorridevano rapidamente, consapevoli che entrambi avevano tratto beneficio dalla sessione di psicanalisi, ancora una volta.

CAPITOLO 4, GIOVEDI 12 LUGLIO 2007

Il dottor Williams interrogò ancora una volta l'orologio appeso alla parete: le 17:15. Se solo ci potesse essere un equilibrio di puntualità tra Leslie Connors e Sylvia Fischer...

Lasciò la sua scrivania ed aprì la porta: - Martin, per caso la signora Fischer ha lasciato un messaggio? - Chiese, attraversando la sala d'attesa vuota ed appoggiandosi al bancone di Martin.

- Lo sa che non lo fa mai, Dottore.

- Già. Il suo appuntamento era alle cinque, le darò altri dieci minuti. Dopodiché per favore chiamala per prendere un nuovo appuntamento, un giorno in cui magari pensa di riuscire a fare un salto qui.

Dieci minuti dopo, Martin bussò alla porta dello studio:

- Grazie Martin, chiamala pure per trovare un altro giorno.

- Dottor Williams, la signora Fischer è appena arrivata, è giusto andata un momento alla toilette ma sarà subito da lei.

Il dottor Williams sospirò: - Grazie Martin, mandamela pure quando è pronta.

- Mi scuso veramente moltissimo, caro Alexander, sono talmente in ritardo! - Sylvia Fischer era entrata nella stanza in una nuvola di profumo. Era la più recente paziente del dottor Williams, eppure l'unica a chiamarlo per nome.

Lanciata la borsa su una sedia, sprofondò nel divano e si accese una sigaretta: - Ne avevo proprio bisogno.

- Non può fumare qui signora Fischer.

- Alexander per favore, ti ho detto un milione di volte che devi chiamarmi Sylvia: Signora Fischer mi fa sentire talmente vecchia! E lo sai bene che ho un bisogno irrinunciabile di fumare a fine giornata: credo proprio che dovrai sopportarmi - Terminò con uno sbuffo di fumo bianco.

Il dottor Williams avrebbe voluto farle presente che anche lui le aveva detto un milione di volte che, per instaurare una relazione professionale e fruttuosa tra paziente e medico, lei doveva chiamarlo Dottore, non Alexander, e certamente non dargli del tu. Eppure non disse nulla, privilegiando la quiete all'orgoglio. Invece si alzò ed aprì una finestra, per far uscire il fumo al più presto possibile.

- Come andiamo oggi - Chiese, riguadagnando la sua posizione dall'altro lato della scrivania - Sylvia?

- Non ne sono molto sicura, Alexander, ma credo non troppo male.

- Avrei potuto indovinare: il suo accento inglese è particolarmente forte oggi.

Sylvia Fischer era nata e cresciuta a Houston, Texas. Pensava che un accento inglese e qualche parola tipicamente inglese qua e là potessero donarle più classe.

- Ti ringrazio moltissimo Alexander, apprezzo sempre la tua considerevole attenzione ai dettagli. Sei uno psicanalista talmente eccezionale. Dove posso appoggiarla questa? - Chiese, sventolando la sua sigaretta mezza fumata.

- Può usare uno dei bicchieri sul tavolino, come fa sempre.

- Dovresti procurarti un vero posacenere, Alexander: so che sono una delle tue migliori pazienti, e credo proprio di meritarmelo.

I due si fissarono per un lungo istante.

- Ad ogni modo, siamo qui per parlare di me, quindi non vedo perché non dovremmo cominciare. Ho passato un weekend davvero meraviglioso: mio marito era fuori città per lavoro sia sabato che domenica, e quindi non ho dovuto vedere la sua faccia odiosa. Ho passato delle giornate deliziose con la mia cara amica e con mio cugino, due persone estremamente intelligenti e moderate.

Certo, so bene che mio marito ha passato il weekend con una di quelle vacche grasse che si sceglie sempre come amanti, bevendo e spendendo i miei soldi con i suoi squallidi amici e le loro prostitute. È una tale vergogna: tutti lo conoscono, e non si preoccupa neanche di nascondersi quando esce con queste altre donne. Vanno in giro per ristoranti e locali dove tutti possono vederli, giorno e notte. E quando alla fine torna a casa io faccio la mia parte, la mogliettina adorabile, con i miei "Mi dispiace così tanto che tu abbia dovuto lavorare tutto il weekend, mio caro, spero veramente di tutto cuore che non sia stato troppo orribile. Mi sei mancato infinitamente, lo sai". E lui risponde con il suo solito "Anche tu mi sei mancata infinitamente tesoro, quanto vorrei passare più tempo insieme a te, ma certamente capisci quanto vitale sia il mio lavoro. E sfortunatamente in questo preciso istante devo partire di nuovo, per andare a giocare a golf al club" - Continuò lei, imitando una voce maschile - E se ne va di nuovo. È davvero una fortuna che quando ci siamo sposati abbiamo firmato un contratto prematrimoniale: sarò ben contenta di tenermi i miei soldi, quando deciderò di lasciarlo. E se dovessi morire prima di lui, potrebbe solo gestire i miei investimenti finché nostra figlia non avesse diciotto anni. Se non mi uccide lui, ovviamente - Concluse, con un largo sorriso e una tirata di sigaretta.

Il matrimonio dei Fischer non aveva mai funzionato, nemmeno il giorno in cui si erano sposati. Sylvia aveva bevuto qualche Martini di troppo, e non era riuscita a ricordarsi le sue promesse di nozze; le aveva sostituite con un borbottio e un "Chissenefrega" che nessuno aveva sentito, visto che l'aveva giusto sussurrato al prete. Non aveva nessun ricordo della giornata: non era esattamente una gran perdita, almeno secondo lei.

Non aveva mai amato suo marito, ma aveva pensato che sposarlo fosse la cosa giusta da fare: per la sua famiglia, per il suo futuro, per i figli che un giorno avrebbe avuto. Non che lui l'amasse, almeno secondo lei, ma gli bastava l'idea di unire due consistenti fortune famigliari, abitare in un bellissimo palazzo a SoHo, avere un'amante, o due. Lei aveva amato qualcuno, prima di incontrare suo marito, ma per qualche ragione non aveva funzionato. Il dottor Williams non ne sapeva molto: sembrava che fosse l'unica cosa di cui lei non voleva parlare.

Un'altra cosa non era molto chiara al dottor Williams: il motivo per cui lei venisse da lui ogni settimana. Certo era estremamente infelice e insoddisfatta: il suo matrimonio era un disastro e la sua vita quotidiana piena di delusioni, illuminata soltanto dalle feste alle quali a volte partecipava. Scrittori, attori, giornalisti: conosceva molte persone famose, e questo la faceva sentire bene. Non felice, ma abbastanza bene da andare avanti. Il dottor Williams non pensava che fosse depressa, non ancora. Subiva la forte mancanza di attenzioni, e questo a volte basta per spezzare una donna.

Quando aveva telefonato per la prima volta per prendere un appuntamento, qualche mese prima, Martin le aveva chiesto se fosse già stata in cura presso qualche altro psicanalista, come fa di solito. Lei aveva risposto che veniva dal dottor Williams spontaneamente: nessuno l'aveva consigliata, aveva giusto telefonato. Martin aveva fatto qualche altra ricerca su di lei, come fa di solito, ma non aveva trovato nessuna cartella medica precedente, ed era finita lì.

- Sono contento che abbia passato un buon weekend con i suoi amici; ha potuto passare anche un po' di tempo con suo marito, alla fine? - Chiese il dottor Williams.

- Abbiamo dovuto assolutamente cenare insieme domenica sera, come ogni domenica sera, per permettere a Rebecca di passare dei momenti in famiglia durante il weekend. Come se le interessasse qualcosa: ha solo due anni, non ricorderà mai nulla di tutto ciò.

Rebecca era la figlia dei signori Fischer.

- Ma lo facciamo comunque, per lei, ogni domenica sera - Continuò Sylvia - Dovremmo fare qualche foto in più durante queste memorabili cene di famiglia, almeno avremmo un motivo per farle. So cosa stai pensando, Alexander: perché diavolo non chiede il divorzio? Ci sarebbero molte buone ragioni: infedeltà, attenzioni meno che minime per me e Rebecca, spese ingiustificabili, e Dio solo sa quant'altro. Ma il divorzio non fa per me: sono una signora vecchio stile, mi annoierebbe a morte. Ti immagini: schiere di avvocati e giornali, tutti si accanirebbero per investigare la mia vita privata! Non potrei sopportarlo. No, abbiamo le nostre vite indipendenti, lui ha le sue amanti e il suo lavoro, io ho i miei amici e le mie attività.

- E Rebecca? - La interruppe il dottor Williams.

- Oh lei non avrà mai nessun problema: tutti la ameranno sempre.

Sylvia Fischer continuò a parlare di argomenti più leggeri: poteva passare ore a lamentarsi di suo marito, ma non era mai a suo agio a discutere i suoi sentimenti più profondi nei riguardi del suo matrimonio, non troppo a lungo almeno.

- Che ore sono, caro? - Sylvia domandò ad un tratto - Ho l'impressione di parlare da un mese: so bene che le mie attività di beneficenza sono assolutamente appassionanti, ma non sono sicura che tu abbia voglia di ascoltarmi mentre parlo a vanvera oltre l'ora per la quale ti pago.

- Sono le 18:40.

- È meglio che vada allora, chiederò al mio caro Martin di fissare un appuntamento per la prossima settimana. Prima o poi dovrò scusarmi con lui: ho sempre bisogno di spostare i miei appuntamenti, lo obbligo sempre a fare così tanto lavoro extra. Povero caro.

- È molto gentile da parte sua, Sylvia.

Lei prese la borsa e lasciò lo studio. Il suo profumo restò un po' più a lungo.

Il dottor Williams chiuse la finestra: – A presto signora Fischer.

CAPITOLO 5, GIOVEDI 25 LUGLIO 2007

- Gliel'ho detto subito: vuole i soldi!

Il signor Sommersville era furioso: l'avvocato aveva chiesto alla sua Julia di sposarlo. Non solo, l'aveva fatto appena qualche settimana dopo che lei si era confidata per la prima volta con suo padre. E lei aveva detto di sì.

Non poteva credere che questo fosse veramente quello che voleva, quindi si era convinto che L'Uomo (non voleva nemmeno pronunciarne il nome) la stesse raggirando per appropriarsi dei suoi soldi. Stava cercando di aprirle gli occhi, ma ovviamente lei aveva un'opinione completamente diversa.

- Lo dico anche a lei, Dottore: vuole solo i soldi! Devo fare qualcosa.

- Signor Sommersville, cosa pensa di poter fare? Pensi a cosa prova in questo momento: perché è così arrabbiato? Cosa la preoccupa così tanto?

Il signor Sommersville sospirò: - Posso avere un bicchiere d'acqua per favore?

Il dottor Williams prese una nuova bottiglia d'acqua dallo scaffale dietro di lui, e la porse al signor Sommersville: in un giorno di fine luglio come quello, l'aria condizionata non era mai forte abbastanza.

- Lei ha figli, Dottore?

- No.

- Se mai dovesse averne, si ricordi: non sottovaluti mai l'impatto che i figli hanno sulla vita dei genitori, positivo o negativo che sia; la quantità di preoccupazioni che generano nei cervelli dei loro genitori; il mal di cuore. I figli sono una benedizione, non mi fraintenda, un regalo meraviglioso che ripaghiamo a rate per tutta la vita.

Mi ricordo di quando Julia era piccola, aveva appena cominciato ad andare a scuola e l'accompagnavo a piedi la mattina. La scuola aveva dei programmi speciali, per cui potevo lasciarla lì la mattina presto e prendere un taxi per andare in ufficio; sua madre la andava a prendere tutti i pomeriggi. Funzionava bene. Julia era sempre contenta di andare a scuola: le piacevano i suoi insegnanti, e i suoi compagni; mi ricordo che speravo sempre che andare a scuola potesse continuare a piacerle fino all'università, che non si stancasse mai di imparare.

Una mattina mi stava raccontando una storia che uno dei maestri aveva letto alla classe il giorno prima; mi ricorderò sempre, era la storia di un piccolo castoro che voleva aiutare i suoi genitori a costruire la loro diga. Il piccolo castoro non sapeva come fare, però, e quindi aveva chiesto a suo padre di spiegargli tutto quello che sapeva... sull'ingegneria civile, se mi passa il termine, Dottore. Papà castoro era molto orgoglioso di suo figlio, ma gli aveva risposto che non poteva spiegargli tutto in una sola volta, e che dovevano lavorare insieme giorno dopo giorno, imparare insieme passo dopo passo, cosicché il piccolo castoro potesse diventare un ingegnere bravo come suo padre, e persino migliore. A quel punto Julia mi ha detto che voleva camminare con me per tutta la vita, imparare tutto da me, imparare anche a costruire una diga, se per caso sapevo come fare. Non mi ero mai sentito così felice in tutta la mia vita, e commosso. Mi sono sentito veramente importante, per la prima volta nella mia vita; mi sono sentito unico e, almeno per qualcuno, insostituibile.

Vede Dottore, quando i figli sono piccoli hanno bisogno dei loro genitori, e di nessun altro, per qualsiasi cosa; purtroppo l'esatto opposto accade quando i genitori diventano vecchi. Ed è a questo punto che le rate mensili della benedizione originaria raddoppiano.

- Ed è anche a questo punto che la duplicità della relazione tra genitori e figli diventa più evidente: vogliamo che siano felici e che vivano la loro vita, ma li vogliamo vicini a noi - Il dottor Williams continuò - Ma la duplicità è sempre lì: i genitori crescono i loro figli per seguire un cammino che loro stessi hanno costruito nella loro testa, più o meno consapevolmente; ma i figli sono persone, individui, ancora prima di essere figli, e hanno bisogno di seguire il loro proprio cammino. Le due strade sono simili, qualche volta; in altri casi sono incompatibili. Julia ha camminato a lungo sulla strada che lei le ha disegnato, ed è diventata la persona che è oggi grazie ai cartelli stradali che lei e sua moglie avete posizionato per lei. Oggi Julia deve decidere da sola dove girare a destra o a sinistra; lei può provare a riportarla sul cammino che aveva disegnato, ma rischia una separazione irrecuperabile, una vera incompatibilità, oppure può seguirla e accompagnarla nel suo viaggio. Può guidarla e aiutarla quando non sa che direzione prendere, ma non può stampare la mappa per lei, non più.

Starà a lei decidere, signor Sommersville: che padre vuole essere per Julia in futuro?

Il signor Sommersville non lo sapeva.

- Eppure pensavo di essere un buon genitore - Disse dopo un po', lo sguardo affranto.

- Ma lo è! Julia la rende partecipe delle sue gioie e dei suoi dubbi: questo è il miglior segno di un buon lavoro di genitore, mi creda. Ho dei pazienti che non parlano mai con i loro genitori, e li vedono solo a Natale.

- E quindi cosa dovrei fare per farle capire quello che provo, o almeno per farle capire cosa penso di tutta la faccenda del matrimonio? - Chiese il signor Sommersville, con un misto di speranza e rassegnazione negli occhi.

- Deve solo ascoltarla ed essere felice per lei; allo stesso tempo, dovrebbe aprirsi con lei almeno quanto lei stessa si sta aprendo: le parli dei suoi dubbi e le chieda di capirla. Fate insieme un bilancio dei pro e dei contro della situazione, e la aiuti a capire cosa è meglio per lei: è davvero giovanissima, e senz'altro vuole finire l'università prima di sposarsi. Se lei e l'avvocato sono così innamorati, allora aspettare un paio d'anni non dovrebbe essere un problema. Sono sicuro che la ascolterà e sarà d'accordo con lei. Certo, magari ci vorrà un po' di tempo - Concluse il dottor Williams con un sorriso lieve.

- E le chiederò di presentarmelo - Il signor Sommersville sembrava più determinato ora - Credo che questo aiuterà.

Finita l'ora di conversazione, il dottor Williams accompagnò il signor Sommersville alla porta, e gli sembrò di sentire una certa energia nella sua stretta di mano. Forse le cose sarebbero andate migliorate.

Invece che risedersi alla scrivania, il dottore si fermò a guardare fuori dalla finestra. Non c'era molto rumore fuori: qualche colpo di clacson, una sirena dei pompieri più lontano. Ma c'era molta gente in strada, che attraversava Washington Square e viveva la sua vita. Sua madre faceva sempre un gioco con lui quando era piccolo: ogni volta che erano per strada, a piedi o in macchina, o che mangiavano da soli da qualche parte, lei ad un tratto gli chiedeva di guardare qualcuno, e raccontarle la vita di quella persona. Alex, come lo chiamava lei, inventava sempre storie di alieni, mostri e robot, per spiegare perché un uomo era vestito in modo strano, o perché una donna stava correndo in mezzo alla strada, o perché un neonato gridava a squarciagola in una carrozzina. Sua mamma rideva sempre così tanto per le sue trovate!

Era stata proprio lei a trasmettergli quel sincero interesse per le persone, che lo aveva portato a diventare medico e a dedicarsi alla psicanalisi. In qualche modo lui era riuscito a muoversi a modo suo sul cammino che i suoi genitori avevano disegnato per lui, ed era sicuro che anche Julia avrebbe fatto lo stesso, prima o poi, come fanno tutti ad un certo punto delle loro vite. Nel suo caso era stato facile: i suoi genitori l'avevano sempre incoraggiato a seguire le sue passioni, senza troppo preoccuparsi di cosa si trattassero, dal teatro alle lingue straniere. E a loro non era mai molto importato dei suoi trascorsi amorosi, non abbastanza da sentirsi abbandonati o traditi quando era andato a convivere con una ragazza. Ma certo erano entrambi vivi e vegeti, al contrario della moglie del signor Sommersville.

- Chissà come sono i genitori di Sylvia Fischer - Il dottor Williams rifletté ad alta voce. Quando non riusciva a capire del tutto un paziente, di solito gli chiedeva di parlare dei propri genitori: la conversazione forniva spesso molti spunti interessanti.

- Magari può chiederglielo la prossima volta che la vede.

Il dottor Williams si voltò di scatto verso la porta, e vide Martin all'ingresso, una mano sulla maniglia.

- Sono sicuro che potrebbe raccontarle qualche storia molto interessante - Martin continuò - Piena di autentico dramma inglese. Me ne racconta già così tante ogni volta che mi chiama per spostare i suoi appuntamenti!

CAPITOLO 6, GIOVEDI 2 AGOSTO 2007

Era una splendida giornata a New York. Il dottor Williams si era svegliato più presto del solito quella mattina e, visto che c'era già abbastanza luce, aveva deciso di andare subito a correre. Central Park è sempre sovraffollato in primavera e in estate. Di solito tutto inizia il primo giorno di sole verso la fine di marzo o l'inizio di aprile, a seconda dell'anno, quando, dopo un lunghissimo invero, le temperature finalmente raggiungono i 20 gradi. Tutti si sentono in qualche modo obbligati ad uscire, a godere del parco e della luce del sole, a mostrare le loro scarpe da corsa nuove di zecca, sperando di rimuovere quegli strati di grasso accumulati durante l'inverno per prepararsi all'estate. In maggio, i viali di Central Park diventano impraticabili, tra ciclisti sulle loro bici in composito al Carbonio, gente che corre e che fa jogging; le vie pedonali proliferano di turisti, passeggini e cani: tutto il popolo del parco si ritrova. Perfino in agosto, quando le temperature arrivano a volte a 35 o addirittura 40 gradi, la gente di New York continua a correre.

Il dottor Williams stesso era uno dei più fedeli del popolo del parco, e se lo godeva specialmente in quelle mattine calme, prestissimo, quando l'aria era ancora respirabile e solo una manciata di corridori era già fuori dal letto.

29

Quella mattina si prese il tempo di correre lentamente, guardare gli alberi, sorridere alla gente. Da Columbus Circle girò a destra verso l'East Side, per scaldarsi in piano; subito prima di raggiungere il Jacqueline Kennedy Reservoir, il lago più famoso del parco, la strada comincia a salire, e il dottor Williams di solito aumentava la sua velocità proprio in quel punto, per trarne il massimo sforzo. Il lago aveva sempre un alone magico: gli edifici intorno, la fontana nel centro, il caos del centro di Manhattan a solo qualche metro di distanza.

Quand'era giovane, il dottor Williams andava sempre a passeggiare lì con la sua ragazza; ecco, varie ragazze avevano passeggiato lì con lui, ma Central Park era per lui associato al ricordo di Kasie. Era una che correva seriamente, una grande amante della natura e dell'avventura; avevano fatto un giro del Cile e del Perù zaino in spalla, quand'erano veramente giovani, ed avevano attraversato il deserto della Mongolia in macchina. Era stato sicuro di morire almeno dieci volte in ogni viaggio, ma erano sempre rientrati a casa sani e salvi, inspiegabilmente. Si era giusto rotto un braccio una volta in Bhutan con lei, mentre salivano verso il monastero di Paro Taktsang, che lei non poteva assolutamente perdersi. Quando si erano resi conto che il suo braccio era proprio rotto e che avrebbero dovuto cercare un ospedale, piuttosto che continuare la scalata, lei aveva deciso di lasciarlo dov'era, da solo, seduto su una roccia per qualche ora, per visitare il monastero e fare delle foto. Forse proprio in quel momento si era reso conto che non erano fatti per stare insieme.

Quel mattino fece quasi due giri intorno al Reservoir, prima di prendere il West Drive e tornare a casa.

Una doccia fredda lo rinfrescò dopo la corsa; si sentiva bene, e lo specchio del bagno gli mostrava una faccia sorridente: certo non più un ventenne, ma dopotutto soltanto qualche ruga intorno agli occhi, qualche capello bianco. Anche la bilancia era abbastanza onesta.

Leslie Connors sarebbe stata la sua prima paziente quella mattina, ma l'orologio faceva solo le 7:02, e lui decise di andare in ufficio a piedi: a quell'ora non si aspettava troppe persone in giro, non ancora. Certo, Times Square non era mai vuota, ma a quell'ora riuscì senza sforzo ad aggirare i gruppi di turisti Europei in preda al jet lag. Molto probabilmente erano atterrati a JFK la sera prima e si erano svegliati non più tardi delle 5 quella mattina: perché non approfittare dell'insonnia per visitare subito il luogo più iconico della città che non dorme mai?

Arrivò in ufficio qualche minuto prima delle otto, e per una volta fu il primo ad arrivare, precedendo Martin di una manciata di secondi.

- Buongiorno Dottore, ottimo lavoro stamattina!

- Esatto - Il dottor Williams guardò il suo telefono per l'ultima volta, prima di metterlo in modalità silenziosa e lasciarlo nella tasca della giacca per il resto della giornata - Alle 7:56 siamo pronti per cominciare. Fai pure entrare la signorina Connors nel mio ufficio, quando arriva.

- Buongiorno Martin, ho un appuntamento alle 8 - Il dottor Williams poté sentire la voce di Leslie Connors dal suo studio - Aspetto qui il dottor Williams, se per lei va bene.

- Buongiorno signorina Connors - Martin rispose con un sorriso educato - Il dottore è già qui, la sta aspettando nel suo ufficio.

Leslie Connors era stupita, Martin non seppe dire se in modo del tutto positivo: - Molto bene, vado subito.

Il dottor Williams attendeva con interesse la visita di Leslie Connors: all'appuntamento della settimana precedente non l'aveva vista molto in forma. Come spesso era il caso, lei stessa era stata la causa dei suoi mali. Durante le settimane precedenti, aveva cercato senza sosta (e senza alcuna sorpresa da parte del Dottore) di trovare un fidanzato per la sua nuova amica Cora, proponendole un uomo diverso ad ogni occasione: quello che era perfettamente normale per l'una, però, non lo era per nulla per l'altra. Cora aveva all'inizio rifiutato le proposte di Leslie con un sorriso, ma in seguito, subito prima dell'ultimo appuntamento di Leslie con il dottor Williams, le aveva chiesto gentilmente di farsi gli affari suoi. Sebbene questo avesse senz'altro posto Cora in una luce migliore agli occhi del dottor Williams, aveva anche causato un deterioramento immediato e severo dello stato d'animo di Leslie.

Per riportarla sulla retta via, il dottor Williams le aveva dato dei compiti a casa: passare la settimana concentrandosi su se stessa, su cosa avrebbe potuto renderla felice senza dover coinvolgere altre persone. I rischi più grandi per Leslie si celavano sempre nelle macchinazioni complesse che includevano altri individui, ed il cui successo era fuori dal suo controllo. Lei aveva preso l'esercizio con il suo solito entusiasmo, e il dottor Williams era molto curioso di sapere com'era andata la settimana.

Quando Leslie Connors entrò nel suo ufficio, il dottore era quasi preoccupato: Leslie era completamente imprevedibile.

- Per prima cosa devo ringraziarla, Dottore: il suo esercizio mi ha aperto gli occhi.

Un buon segno? Il dottor Williams non ne era sicuro: - Mi dica di più, mi spieghi cosa l'ha fatta sentire meglio, cosa l'ha aiutata.

- È molto semplice: lei mi aiutata a capire quali sono le mie priorità, e di cosa ho bisogno per raggiungere i miei obiettivi.

In questi ultimi anni mi sono concentrata sui miei amici, li ho aiutati a realizzare i loro sogni: ho fatto incontrare Jennifer e suo marito, e ne sono così fiera perché lei è talmente felice oggi, e la sua bambina sarà la più bella e fortunata di tutta Manhattan. E mi sono anche dedicata ai meno fortunati per aiutarli a sognare, per fantasticare su chi potrebbero diventare, un giorno. Mi sono occupata della mia sorellina, che va ancora all'università e a volte ha bisogno dei miei consigli di moda, e più spesso dei miei consigli di cuore. Sono sempre stata così altruista, e credo che oggi, a ventotto anni, mi merito la mia felicità.

Il problema è che ho già tutto: un appartamento meraviglioso che il mio papà mi ha comprato come regalo di laurea, degli amici straordinari che mi sono sempre vicini, ho perfino un lavoro che paga il mio shopping e le mie distrazioni... L'unica cosa che mi manca è l'amore! Quindi ecco il mio obiettivo: mi troverò un marito.

Il dottor Williams cercò di interromperla per dire qualcosa, ma lei era inarrestabile. Leslie si alzò e si appoggiò alla finestra:

- In questo glorioso secondo giorno del mese di agosto io giuro che sposerò Robert!

- Meraviglioso! - Il dottor Williams era alla fine riuscito a sputare una parola nel flusso selvaggio dei pensieri di Leslie Connors - E chi sarebbe Robert?

- Non ci credo: non le ho mai parlato di Robert? Ma capisco perché: ero cieca all'amore, ero talmente impegnata a coprire il mondo con le mie buone azioni che ho finito per dimenticarmi di me stessa. Robert è il fratello del marito di Jennifer, un caro amico da molti anni. Suo padre e il mio papà sono vecchi amici, per questo non ci ho pensato due volte quando ho presentato suo fratello a Jennifer: li conosco entrambi molto bene e sapevo che erano fatti l'uno per l'altra.

Come ho fatto a non rendermi mai conto che Robert ed io siamo due metà della stessa mela, due anime fatte per stare insieme? Sono stata così sciocca ed egoista nel mio desiderio di aiutare gli altri, nella speranza di trarne ringraziamenti e soddisfazione, che non sono mai andata oltre il mio stesso naso, non mi sono mai accorta che la felicità di Robert dipende solo da me!

È stato la mia luce nelle ore più cupe, e mi ha consigliata in moltissime occasioni, sempre occupandosi così teneramente della mia felicità! Mi ha aiutata a scegliere il mio indirizzo all'università, mi ha consigliata mentre cercavo il mio primo lavoro, ed in seguito quando volevo che la mia carriera avanzasse più rapidamente. Ed in tutto questo tempo non ha mai avuto una relazione seria con una donna, ed ora so perché: aspettava che mi accorgessi del mio amore per lui. Ed ora sono pronta!

Ritornò di corsa sul divano, sfoggiando il sorriso più grande che il dottor Williams le avesse mai visto in volto. Un sorriso più allarmante di una sirena nella notte: il dottor Williams voleva assolutamente sapere da dove diavolo avesse tirato fuori quella decisione. Se l'uomo non si era mai fatto avanti con Leslie e non aveva mai avuto altre donne, doveva esserci una ragione; forse era troppo vecchio per lei, o forse lei non gli piaceva, o magari non gli piacevano le donne in generale. Chissà.

Il dottor Williams cercò di indagare: - Perché secondo lei Robert non si è mai proposto a lei?

- Gliel'ho detto, Dottore - Niente sembrava poterla far scendere dalla sua nuvola, in alto nel cielo - Stava aspettando che io fossi pronta, ed ora lo sono!

- Molto bene. Cerchiamo allora di fare un altro esercizio per la settimana prossima: cerchi di fare una lista di indizi che potrebbero confermarle che Robert è davvero innamorato di lei. Diciamo, almeno cinque indizi. E poi cerchi cinque ragioni per le quali Robert potrebbe non essere innamorato di lei (per assurde che possano essere), e cinque segnali che lei avrebbe potuto cogliere che confermerebbero questa seconda teoria. Questo la aiuterà a razionalizzare le sue emozioni, e sarà un ottimo esercizio per lei, per riuscire a mantenere l'autocontrollo durante le sue interazioni con Robert: sono sicuro che lei non vuole mostrarsi troppo disponibile nei suoi confronti, e magari spaventarlo. Senz'altro Robert è un gentiluomo, che vorrebbe accanto a lui niente di meno che la donna elegante e controllata che lei sa essere.

- Lei è un genio Dottore! Questo mi aiuterà anche a stare calma la prossima volta che lo vedrò. Grazie mille!

Prese qualche appunto sul suo telefono, per non dimenticare il compito a casa della settimana, e poi lo ripose nella borsa.

- Grazie Dottore, grazie mille davvero. Non posso credere che siano già le nove, il tempo è veramente volato stamattina. Non vedo già l'ora di rivederla la settimana prossima, per raccontarle tutto di Robert e di quanto razionalmente avrò imparato a gestire la situazione.

Il dottor Williams la guardò con il sorriso più paterno che riuscì a produrre, e le strinse gentilmente la mano, socchiudendo gli occhi. "Razionalmente non è proprio la parola che avrei usato" pensò, "ma speriamo che vada tutto bene".

- Sembrava contenta stavolta - Martin disse in un soffio entrando nello studio del dottore qualche minuto più tardi.

- Speriamo che duri - Sospirò il dottore.

- Volevo dirle che la signora Sylvia Fischer ha chiamato per cancellare il suo appuntamento. Ancora: è il terzo di fila.

- Ha detto qualcosa? Ti ha spiegato perché non poteva venire, stavolta? - Il dottor Williams stava cominciando a preoccuparsi: non era mai un buon segno quando un paziente cominciava a ritrarsi dalla terapia.

- Niente di speciale, Dottore - Martin rispose, sconsolato - Ha detto giusto che aveva un altro impegno che non poteva assolutamente mancare, e che quindi doveva spostare il vostro appuntamento. Si è quasi dimenticata di prendere il suo accento inglese, e ad un certo punto si è persino fatta scappare una parola tipica texana...

- Uno scivolone verso l'accento del sud: molto preoccupante. Se la settimana prossima cerca ancora di cancellare, passami direttamente la chiamata. Per una volta non preoccuparti se sono con un altro paziente:

questa vicenda richiede attenzione immediata.

- Va bene Dottore.

- Ma speriamo di vederla qui. Anche se fosse in ritardo, questa volta non mi lamenterei.

CAPITOLO 7, GIOVEDI 2 AGOSTO 2007

Bradley Hampstead seguì Martin fino allo studio del dottor Williams, e lo salutò con un sorriso pallido. La cartelletta dei disegni in una mano, Bradley prese una sedia e la spinse accanto alla scrivania, in modo che lui ed il dottore potessero discutere i suoi schizzi. Non erano necessarie molte parole, se i due erano abbastanza vicini durante le loro conversazioni: si creava come un legame tra i due, i pensieri scorrevano fluidi dall'uno all'altro, e Bradley riusciva a comunicare senza dover parlare troppo.

Quel pomeriggio era grigio e piovoso, ma l'umore di Bradley non ne era molto affetto, per una volta: aveva passato una buona settimana, e aveva appena finito un'opera d'arte mista sulla quale aveva lavorato per molti mesi. "Arte mista" era la sua stessa definizione del suo modo di essere un artista; in questo caso aveva mescolato pittura, immagini video e fotografia. Aveva cominciato a dipingere su una tela imponente, a mani nude, in un'esplosione di rossi e blu. Mentre dipingeva, una videocamera lo aveva filmato: la scena fissa vedeva la tela esattamente nel mezzo, e Bradley entrava e usciva dall'inquadratura mentre si muoveva intorno alla tela per completare il dipinto, fermarsi ad osservarlo, valutarlo da molteplici angolazioni e distanze, per percepire appieno i colori.

Contemporaneamente, una macchina fotografica scattava una foto della stessa identica scena ogni trenta secondi. Bradley Hampstead aveva finito il dipinto qualche settimana prima; aveva poi montato il video e selezionato le fotografie una ad una. Nell'installazione finale il dipinto avrebbe occupato una parete intera di una stanza quadrata; le altre tre pareti sarebbero state interamente ricoperte dalle fotografie della performance, stampate in bianco e nero in formato 12.5 x 12.5 cm, ed organizzate in ordine cronologico da sinistra a destra. Il pavimento sarebbe stato un puzzle di schermi piatti, sui quali sarebbe passato il video a ciclo continuo, ma montato al contrario, dalla fine all'inizio. L'insieme si sarebbe chiamato "Nascita e rinascita".

Quel giorno Bradley aveva portato al dottor Williams qualche studio preparatorio del dipinto, per spiegargli come avrebbe voluto poter rimontare tutta la sua vita dalla fine all'inizio, e ricominciare da capo. Voleva vivere una vita diversa, nuova, dove suo fratello non si sarebbe ammalato a undici anni, e non sarebbe morto. Sapeva che la sua arte era nata il giorno in cui suo fratello era morto, ma vi avrebbe rinunciato un milione di volte pur di averlo indietro: avrebbe rinunciato a qualsiasi cosa pur di riavere suo fratello, niente era mai stato più importante per lui.

A volte Bradley Hampstead immaginava una vita diversa: suo fratello non si era mai ammalato, e oggi aveva ventinove anni ed era uno scrittore. O magari uno sceneggiatore di film, con perfino un Oscar in tasca per la migliore sceneggiatura. O magari era un giornalista di guerra: una di quelle persone coraggiose che affrontano pericoli terribili per raccontare la verità alla gente. E anche la vita stessa di Bradley sarebbe stata molto diversa: sarebbe stato completamente anonimo, magari un impiegato di banca, uno di quelli che lavorano allo sportello, passano le loro giornate a sorridere ai clienti e ad aiutare vecchie signore ad incassare la loro pensione, o pagare l'affitto. Una vita molto normale, noiosa, era quello il suo sogno. Una vita semplice, di sabati sera passati a guardare i Knicks in televisione e talvolta al Madison Square Garden, e di pranzi della domenica con suo fratello.

Il dottor Williams non sapeva cosa desiderare dalla sua vita, più di quello che aveva già. Aveva sempre voluto diventare un medico, ed ora non voleva niente di diverso. Le conversazioni con i suoi pazienti erano le esperienze più profonde e toccanti della sua vita, e creavano delle connessioni inscindibili con quegli esseri umani che avevano bisogno del suo aiuto, che si fidavano di lui ed in lui cercavano conforto, sostegno, spiegazioni.

No, decisamente non poteva chiedere nulla di più al suo lavoro.

La sua vita personale era diversa ma non meno gratificante: aveva amato ed era stato amato, aveva viaggiato e riso, mangiato e bevuto. Aveva amici che si prendevano cura di lui, e una famiglia che lo amava. Non aveva una compagna al momento, ma non si sentiva mai solo. New York era sempre stata un generatore straordinario di eventi ed intrattenimenti delle tipologie più diverse, ed i suoi amici Andy e Sarah erano sempre informatissimi su tutto, e lo invitavano a tutto: mostre d'arte, rappresentazioni teatrali all'aria aperta, proiezioni di film in anteprima, concerti, conferenze, gala di beneficenza, inaugurazioni, e quant'altro. Erano amici fin dall'università, ed Alexander Williams era stato il testimone di Andy quando lui e Sarah si erano sposati su una spiaggia alle Hawaii, qualche anno prima. Suo fratello Edward e sua moglie abitavano a Chicago, Illinois, ma adoravano New York City e venivano a trovarlo almeno una volta al mese.

La sua vita era decisamente piena.

Bradley Hampstead mostrò un ultimo foglio di carta al dottor Williams: era un viso di donna, disegnato a matita con pochi tratti molto spessi. Era bellissima, giovane, forse sui venti o trent'anni. Lo sguardo posato su qualcosa nella direzione della spalla sinistra del dottor Williams, la sua espressione era indecifrabile: sembrava che qualcosa la preoccupasse, ma non avrebbe saputo dire cosa.

Bradley disse al dottor Williams che non sapeva chi fosse quella donna, ma era uno dei fantasmi che più spesso lo seguivano nei suoi sogni, un insieme di ricordi e fantasie. In qualche modo gli ricordava sua sorella, ma più pensosa, più lontana dal mondo, più imperscrutabile.

Una Monna Lisa contemporanea, ma con qualcosa in più: sembrava si sentisse sola, e completamente smarrita.

CAPITOLO 8, GIOVEDI 9 AGOSTO 2007

Pioveva da un paio di giorni, salvo una breve pausa nel tardo pomeriggio. Il cielo era ancora pesante, nuvole gonfie di pioggia troneggiavano su Manhattan, riempiendo la città di aria calda e umida.

Nonostante tutto, Sylvia Fischer indossava gli occhiali da sole quando entrò nell'ufficio del dottor Williams.

- Buongiorno Sylvia, sono molto contento di vederla. Le confesso che stavo iniziando a preoccuparmi per tutti quegli appuntamenti cancellati, sono contento che abbia deciso di venire qui oggi. Come sta? – Chiese il dottore, mentre lei si sedeva sul divano.

- Non sono molto sicura, Alexander.

Il dottor Williams l'aveva sospettato: c'era qualcosa di insolito in lei, e non stava fumando. Era persino arrivata in anticipo all'appuntamento, e ne aveva approfittato per usare la toilette e sfogliare un giornale in sala d'attesa, mentre il dottore finiva con il paziente precedente.

- Non vuole togliersi gli occhiali da sole?

Lei sospirò e se li sfilò dal naso. Aveva entrambi gli occhi lividi e gonfi. Era stata picchiata.

- Non sono caduta.

- Non si preoccupi, Sylvia – Mantenne la calma per tranquillizzarla, ma lui stesso era abbastanza preoccupato – È al sicuro qui. Ha voglia di raccontarmi cosa le è successo?

Cominciò a parlare con un'espressione allo stesso tempo rassegnata e determinata, una combinazione molto particolare di emozioni.

- Non era mai stato violento prima d'ora.

Mio marito non è esattamente il tipo d'uomo con il quale vorrei essere sposata, se potessi scegliere oggi, ma non è violento, almeno non lo era mai stato prima. Ma evidentemente le persone arrivano a fare le cose più estreme se si sentono toccate nei loro sentimenti più profondi, se le loro essenze più intime vengono minacciate.

Non sono venuta ai nostri appuntamenti per qualche settimana: lo so che non mi aiuta per niente, caro, ma non mi sentivo me stessa. Ho incontrato, o meglio rincontrato da poco un vecchio amico, e mi sono accorta di quanto la mia vita sia avvilente.

Ti dirò la verità, Alexander. Qualche mese fa ho iniziato a sentirmi diversa, come presa da uno strano senso di attesa. Mi sentivo come se un treno mi stesse correndo incontro, pronto a travolgermi, e la cosa mi ha terrorizzata. Non sapevo cosa fare, e ho cercato di affrontare la cosa in modo razionale: mi sono chiesta se nella mia vita ci fossero dei segnali di cambiamento imminente, o di qualsiasi cosa che potesse ragionevolmente spaventarmi fino a quel punto, e mi sono resa conto che niente poteva spiegare quella sensazione. Mi sono fatta controllare, tre check-up completi con tre diversi medici: uno mi ha trovato una carenza di potassio, ma a parte questo erano tutti d'accordo sul dire che ero sana come un pesce. E non ero neanche incinta: quella era in effetti la mia più grande paura.

Visto che non sembrava esserci niente di guasto nel mio corpo, ho pensato che dovesse esserci qualcosa che non andava nella mia testa, quindi sono venuta qui. Sei tra gli psicanalisti di Manhattan con il miglior curriculum: ho cercato su quei siti dove i pazienti possono dare i voti ai medici. Certo, mi sono chiesta che valore avessero delle valutazioni compilate da persone completamente fuori di testa, visto che tratti soprattutto depressi e sociopatici, ma che ci vuoi fare.

Il dottor Williams sentì di dover in qualche modo difendere i suoi pazienti, ma non voleva interromperla, visto che per una volta sembrava aver voglia di parlare.

- Le nostre sessioni non mi hanno aiutata per niente a capire cosa non andasse in me. Oh non offenderti per così poco, Alexander - Aggiunse lei quando vide la smorfia sul volto di lui – Le nostre conversazioni sono veramente interessanti, e credo di stare imparando molto su me stessa, che in fondo è l'obiettivo principale della psicoterapia. Volevo solo dire che, dopo tutti questi mesi, non so ancora da dove vengano queste mie paure inspiegabili.

- Sono contento che i nostri appuntamenti la stiano aiutando, anche se non nel modo in cui sperava lei. Ma nessuno può prevedere i risultati della psicanalisi su un individuo: ogni mente ed ogni cuore sono unici.

- Sono completamente d'accordo con te, Alexander, e sono felice che tu abbia parlato di cuore, perché nel mio caso è la fonte di tutti i miei problemi.

Qualche settimana fa ho finalmente risolto il mistero.

Sono abbastanza sicura di averti già raccontato qualcosa della mia vita prima di diventare la signora Fischer: ero giovane, ero innamorata. È stato tanti anni fa. Ero così innamorata di lui, come soltanto i giovani amano; nient'altro contava più nella mia vita, soltanto lui. Avevo appena finito l'università, e lui mi prometteva di portarmi in giro per il mondo, di godere di tutto quello che la vita aveva da offrire, di essere libera. A quell'epoca New York e la bolla di internet erano in espansione folle, tutti facevano soldi, tutti mangiavano una fetta della torta, e lui era il più affamato di tutti. Mi ricordo che a volte gli chiedevo quando si sarebbe fermato, quando avrebbe venduto tutto per partire con me. Non capivo il mondo della finanza allora (neanche ora, ad essere sincera con te), ma ero sicura che lui volesse aspettare proprio il momento migliore, il momento perfetto per andarsene con tutti i soldi.

Che dire, ha aspettato troppo.

Stavamo insieme da un anno, e lui aveva sempre avuto questa fiducia completa in se stesso, sempre così sicuro di sè, mai un'esitazione. Ma quella primavera, e l'estate seguente, era diventato sempre più cupo, aveva cominciato a perdere le speranze; ogni giorno diceva che avrebbe dovuto vendere tutto all'inizio dell'anno, e ora stava perdendo una montagna di soldi ogni giorno. Alla fine, in autunno aveva deciso di vendere tutte le sue azioni; in inverno aveva a malapena pagato i suoi debiti. Poco prima della fine dell'anno mi ha detto che non aveva più ragioni per restare a New York: si trasferiva a Londra per cominciare una nuova vita. Senza di me.

Non l'ho mai più rivisto.

- Fino a qualche settimana fa.

Un'amica mi ha invitata a passare il weekend nella sua casa negli Hamptons. Se c'è una cosa che detesto sono gli Hamptons in luglio: troppa gente, e tutta disdicevole; puoi scegliere tra studenti ubriachi e nuovi ricchi maleducatissimi. Ma la mia amica ha una casa sulla spiaggia, meravigliosa e abbastanza isolata dal delirio festaiolo, e mi ci sono sempre trovata bene. In più era anche l'anniversario della rivoluzione francese, il 14 luglio: non che io abbia origini francesi o un qualche interesse per la rivoluzione francese, ma mi sono detta che sarebbe stata una scusa più che valida per prendermi qualche giorno di vacanza.

Il tempo poi era perfetto, quindi ho deciso di restare qualche giorno in più, oltre al weekend; mio marito non si sarebbe neanche accorto che non ero a casa.

Mercoledì mattina ho chiamato a casa. Non volevo assolutamente parlare con mio marito, quindi ho fatto attenzione a chiamare ben più tardi dell'ora in cui di solito lui esce per andare al lavoro; la cameriera ha risposto e mi ha detto che tutto era sotto controllo a casa, tutto tranne Rebecca: non stava bene, ed era forse il caso che io tornassi a casa. Non sarei rientrata, normalmente, ma per una volta ho deciso di ascoltarla; ho messo i miei due vestiti in valigia e mi sono incamminata verso la stazione degli autobus.

L'autobus sarebbe dovuto arrivare una mezz'ora dopo che avevo raggiunto la stazione, ma non mi dispiaceva aspettare un po': ero molto serena, per qualche motivo. La stazione era vuota, in fondo non molta gente rientra dagli Hamptons a Manhattan di mercoledì mattina. Per questo l'ho notato subito, appena arrivato alla stazione.

L'ho riconosciuto subito, era esattamente come me lo ricordavo. Ero sicura che non mi avrebbe neanche vista: tanti anni sono passati e io non sono più la stessa, con un matrimonio e un figlio. Ma lui mi ha vista, mi ha guardata, mi ha sorriso, non sembrava neanche sorpreso di vedermi. Mi ha baciato la mano e guardata negli occhi: non riuscivo neanche a parlare, ma lui ha sussurrato "Come sono felice di rivederti, Sylvia; le immagini di te che riempivano il mio cuore impallidiscono: sei meravigliosa."

Mi sono persa nei suoi occhi, fissi nei miei come una volta: parlavamo come se fosse ancora il 1999. Si è ricostruito una vita a Londra, e viaggia spesso in giro per il mondo, soprattutto per lavoro ma qualche volta anche per piacere. Non abbiamo visto l'autobus arrivare, non l'abbiamo nemmeno visto partire, nè molti altri dopo il primo: non esisteva nient'altro, solo noi due su quella panchina. Siamo andati a cenare in un ristorante sulla spiaggia. Una scena quasi comica: tutti e due con la nostra valigia, tutti e due pronti a partire, ma nessuno dei due voleva andare da nessuna parte. Ci siamo fermati per la notte, e poi per una seconda notte, e poi fino alla domenica: avevo chiamato a casa per dire che per qualche motivo assurdo non c'erano autobus e non potevo rientrare, e quindi sarei rimasta fino al weekend successivo.

Ho passato con lui i giorni più indimenticabili in così tanti anni, Alexander, non so neanche da dove cominciare. Pensa che aveva organizzato questo viaggio mesi fa: aveva comprato i biglietti aerei più o meno quando io ho iniziato ad avere quelle sensazioni strane! C'è una qualche connessione tra noi: il mio cuore sapeva che sarebbe venuto, sapevo che un cambiamento era in arrivo, e ora capisco quale. Potrei davvero essere felice con lui, Alexander, posso essere felice e voglio esserlo. Voglio lasciare tutto e trasferirmi a Londra con lui. Posso lasciare Rebecca qui con suo padre: non le mancherò.

Il sorriso smagliante di Sylvia Fischer creava un contrasto doloroso con gli occhi pesti.

- E quindi cosa le è successo agli occhi? – Chiese il dottore, abbastanza sicuro della risposta.

- Oh non ho ancora detto niente a mio marito, ma lo farò questo weekend: farò preparare una cena speciale domenica sera, la cameriera se ne occuperà molto volentieri, e gli dirò che me ne vado.

Mi ha picchiata domenica scorsa, di sera: l'ho visto rientrare dopo un weekend di bagordi e non sono riuscita a trattenermi, mi disgustava. L'ho insultato per le sue abitudini, le sue prostitute e per l'uomo immondo che è diventato. Mi ha dato uno schiaffo, ma il sangue aveva un sapore dolce in bocca, e mi è venuto da ridere, e gli ho riso in faccia. Allora mi ha dato un pugno qui – Indicò l'occhio sinistro – Di lato, e sono caduta per terra, sbattendo l'altro occhio contro l'angolo del tavolo. Non sono mai stata molto fortunata con lui.

Ma non mi fa neanche male. E soprattutto mi ha dato la forza d'animo per lasciarlo, definitivamente, e cominciare una nuova vita a Londra.

- Sylvia, sa che non posso far finta di niente - Il dottor Williams era preoccupato: se era successo una volta poteva succedere ancora - La violenza domestica è una cosa molto seria, e devo almeno raccomandarle di denunciare quello che mi ha appena raccontato. Vuole chiamare la polizia?

- Oh no per carità, non c'è bisogno: ti prometto che non succederà più - Rispose lei, scuotendo la testa con decisione - Me ne andrò molto presto, prima che lui possa farmi ancora del male.

- Va bene, ma lasci che le dia questo opuscolo - Il dottore aprì un cassetto nell'armadio dietro di lui, e le diede una brochure - È un gruppo che aiuta le donne contro la violenza domestica. Potrebbe tornarle utile. Ma se dovesse succedere un'altra volta, sappia che dovremo chiamare la polizia, e senza protestare.

Lei sorrise tranquilla. Il dottor Williams non sapeva cosa pensare.

Sylvia era uscita con un sorriso e un ampio gesto della mano, non senza aver rinforcato gli occhiali da sole.

Sembrava serena, ed in qualche modo sicura che questa volta il suo amore perduto non l'avrebbe tradita e lasciata, come la prima volta. Il dottor Williams avrebbe voluto chiederle come faceva a sentirsi così sicura, ma il tempo era volato, e lei se n'era andata prima che lui potesse domandarle altro. Voleva capire come aveva fatto a convincersi così in fretta, dopo essere stata infelicemente sposata per tanti anni, ed aver imparato a sopportare la vita che lei stessa aveva scelto per sè. Aveva anche una bambina, ma era pronta a lasciarsi Rebecca dietro le spalle.

- La prossima volta che ci vedremo lei sarà pronta a partire per Londra, e quasi sicuramente sarà la nostra ultima volta.

I pazienti vanno e vengono, ma vederne uno andarsene così all'improvviso è sempre come dire addio a un caro amico.

CAPITOLO 9, MERCOLEDI 15 AGOSTO 2007

- Lo sa, dottor Williams, sono proprio contento di dirle che aveva ragione.

Il signor Sommersville sembrava calmo, un lieve sorriso a illuminargli il volto: le cose sembravano davvero andare per il meglio.

- Come le avevo detto l'ultima volta che ci siamo visti, ho chiesto a Julia di presentarmi il suo avvocato, e finalmente ci siamo messi d'accordo per organizzare questo incontro domenica scorsa, a cena. Devo dire che ero molto preoccupato: che fare se l'avvocato fosse davvero un cacciatore di dote? E se avesse raggirato Julia per farle firmare qualche documento secondo il quale tutta la sua eredità spetterebbe a lui? E se invece al contrario fosse un idiota, un cretino? Non potrei sopportarlo.

Dottore, ero così in ansia.

E alla fine sono arrivati: lui ha portato una bottiglia di vino (menomale, mi sono detto, almeno sa come comportarsi nella società civile), ha fatto i complimenti per l'appartamento, ha sorriso. Anche Julia sorrideva molto, dei suoi sorrisi migliori, abbaglianti. Il vino mi ha molto aiutato a rilassarmi durante la cena, a lasciar andare un po' di tensione, a guardare le cose da una prospettiva più neutra. E sa di cosa mi sono accorto? Che Charles sembra proprio una brava persona.

Ha studiato legge ad Harvard, dove si è laureato con il massimo dei voti. La sua famiglia vive a Boston, Massachusetts: suo padre fa l'avvocato, anche lui, e sua madre scrive per un giornale locale. Gente molto rispettabile. E dovrebbe vedere come Julia sorride quando c'è lui nei paraggi, è un piacere vederla!

- È un sollievo sapere che l'incontro sia andato così bene, signor Sommersville - Il dottor Williams interruppe il suo paziente - E che lei stia iniziando a rendersi conto che sua figlia non è una stupida, ma una ragazza molto coscienziosa che si è scelta un bravo ragazzo, e ora vuole sposarlo. Non è quello che facciamo tutti? - Aggiunse con un sorriso.

- Ha ragione. Ma lei sarà senz'altro d'accordo con me: il mio dovere, mio come di ogni altro genitore, è quello di accertarmi che la persona che mia figlia sceglie sia in effetti la persona giusta, e che non sia soltanto un abbaglio di colori vivaci e false promesse. Fortunatamente tutto sembra andare per il verso giusto: Charles ha iniziato a lavorare in uno studio di avvocati qui a Manhattan appena dopo la laurea, ed in questi due anni si è dato molto da fare. Sembra molto serio, e sembra molto appassionato del suo lavoro, e... - Il signor Sommersville si fermò all'improvviso: qualcuno bussava alla porta dello studio.

Il dottore era stupito: la sua ora con il signor Sommersville era quasi finita, ma Martin non l'avrebbe interrotto per nessuna ragione al mondo. Eppure stava aprendo lentamente la porta dell'ufficio, con un'espressione mortificata in viso.

- Mi dispiace moltissimo dottor Williams, signor Sommersville, ma c'è una telefonata per lei, Dottore, ed è molto urgente - La voce di Martin tremava.

- La prego di perdonarmi signor Sommersville, normalmente non interromperei la nostra sessione, ma sembra che non si possa fare altrimenti - Si scusò il dottor Williams - Le dispiacerebbe attendermi qui con Martin mentre io rispondo al telefono nell'altra stanza?

C'era uno stanzino, accessibile soltanto dallo studio del dottore, la cui porta d'ingresso era proprio accanto alla porta principale dell'ufficio. Il dottore conservava lì i suoi documenti più vecchi, e vi aveva installato un telefono per le occasioni straordinarie, come per esempio una telefonata urgente durante una visita. Gli era successo solo un'altra volta: un paziente aveva chiamato dalla cima del Rockefeller Center, dicendo che si sarebbe buttato se non fosse riuscito a parlare immediatamente con il dottor Williams. Il dottore sperò che fosse qualcosa di meno grave.

La lucetta verde del telefono stava lampeggiando nella stanzetta: Martin aveva già trasferito la chiamata. Mentre chiudeva la porta sentì il suo assistente scusarsi ancora con il signor Sommersville ed offrirgli un tè freddo.

- Pronto? - Il dottor Williams sollevò la cornetta.

- Pronto? È il dottor Williams? - Una voce di donna che il dottore non conosceva gli parlò dall'altro lato.

- Sì sono io, chi parla?

- Sono la signora Bloomshield, sono la madre di una sua paziente, la signora Fischer, Sylvia.

- Buongiorno signora Bloomshield, come posso aiutarla? - Il dottor Williams pensò che la teatralità doveva essere una dote di famiglia: la donna doveva aver detto a Martin che era una questione di vita o di morte.

- Dottore, quando ha visto mia figlia per l'ultima volta?

- L'ho vista giovedì scorso signora, è venuta qui per il suo appuntamento settimanale.

- Ha avuto sue notizie da allora? Messaggi? Magari una telefonata? - La signora Bloomshield faceva una domanda dopo l'altra, la voce fermissima ma il tono allarmato.

- Signora Bloomshield, lo sa che non posso darle nessun dettaglio della mia relazione con i miei pazienti, anche se questo paziente in particolare è sua figlia. Comunque no, non ho avuto nessuna comunicazione con lei da giovedì scorso ad oggi. Abbiamo un appuntamento questo giovedì, domani a dire il vero, come tutte le settimane; sua figlia di solito chiama tra un appuntamento e l'altro solo se deve spostarlo o annullarlo.

Posso chiederle qual è il problema? È successo qualcosa a sua figlia?

- Speravo che lei ne sapesse qualcosa: è sparita.

- Sparita? - Il dottor Williams era confuso, ma non sorpreso dal fatto che Sylvia fosse probabilmente già partita con il suo amante, per cominciare la sua nuova vita a Londra.

- Sì, sparita. Del genere che non riusciamo a trovarla, se mi capisce - La voce cominciava ad irrigidirsi.

- Capisco benissimo cosa vuol dire, signora - Gli sembrava di vederla, una versione di Sylvia più vecchia e amareggiata - Voglio solo cercare di capire se è veramente sparita. Non le sembra possibile che se ne sia giusto andata?

- No Dottore, non se n'è giusto andata - La signora Bloomshield non sembrava apprezzare molto la direzione che aveva preso la conversazione - Ne sono sicura, perché non ha lasciato nessun messaggio a me o a suo padre. E inoltre... - Si fermò per un istante, indecisa se aggiungere più dettagli.

Il dottor Williams approfittò della sua esitazione: - Può dirmi tutto, signora Bloomshield, sono il medico di Sylvia e voglio aiutarla, se posso.

La donna sospirò: - C'è qualcosa che non va, Dottore. Non ho ancora detto alla polizia che mia figlia vedeva uno psichiatra, volevo prima parlare con lei. Suo marito non sa nulla, nessuno lo sa, e volevo parlare prima con lei.

La polizia? Il dottor Williams era sempre più confuso. La signora Bloomshield continuò.

- Vede, quell'idiota di suo marito si è inventato una storia ancora più idiota di lui: dice che domenica sera lei gli ha detto che aveva rincontrato un suo vecchio spasimante, un uomo che si era trasferito a Londra per anni e che ora era ritornato a New York giusto per qualche settimana. Pare che abbiano passato del tempo insieme mentre lui era qui e che lei si sia innamorata di nuovo di lui, o magari l'aveva sempre amato. Quest'uomo è appena rientrato a Londra, e ha organizzato tutto perché lei lo raggiungesse al più presto possibile.

Pare che lei abbia detto che voleva lasciare Lester, suo marito, definitivamente. E lui poteva tenersi la bambina, a lei non importava.

Il dottor Williams non disse nulla: la storia di Lester rispecchiava perfettamente quello che Sylvia Fischer aveva detto che avrebbe fatto. Ma doveva esserci di più: la signora Bloomshield non ci credeva.

- Lester è impazzito ovviamente. Le ha detto che era pazza, che non poteva lasciare lui e Rebecca così su due piedi: che razza di madre era? Che razza di donna lascerebbe la sua famiglia e la sua bambina per un'avventura oltreoceano?

Sylvia pare abbia risposto che non era un'avventura, che era innamorata, eccetera eccetera, e Lester alla fine le aveva detto "Fa' quello che vuoi, vattene, rovinati la vita, ma non tornare a piangere da me: giuro che non ti riprenderò con me, non ti lascerò mai più vedere Rebecca. Sarai come morta per lei". Lester dice che a lei non sembrava importare veramente nulla di Rebecca o di nient'altro, e che sembrava molto calma e decisa, pronta a lasciarlo.

- Mi dispiace interromperla, signora Bloomshield, ma non sono sicuro di capire il problema qui: se Sylvia ha detto che avrebbe lasciato Lester, perché lei è così sorpresa dal fatto che sua figlia se ne sia in effetti andata?

- Vede, Dottore - Continuò lei - Nessuno può confermare la versione di Lester, perché non c'era nessun altro a cena con loro domenica sera, e soprattutto nessun altro ha mai sentito parlare di quest'altro uomo e del piano di Sylvia di scappare con lui. Capisce: lei non ne ha parlato neanche con me, e lei mi dice sempre tutto. E lo sa qual è la cosa più strana in tutto ciò, dottor Williams? La cosa che ha spinto la cameriera a chiamare la polizia lunedì?

La signora Bloomshield prese fiato per un secondo, quasi aspettandosi una risposta dal dottore.

- Sylvia le ha mai raccontato nulla del suo appartamento? - Chiese alla fine?

Il dottor Williams non ne aveva nessuna idea.

- Vede, dottor Williams, deve sapere che Sylvia e Lester hanno due stanze separate: sa come vanno le cose nel matrimonio, a volte.

No, non lo sapeva, ma poteva immaginare.

- La cameriera è abituata a trovare entrambi i letti sfatti al mattino, e a dover riordinare entrambe le camere. Lunedì mattina Catalina, la cameriera, è entrata per prima cosa nella stanza di Lester, come al solito, visto che lui si alza presto per andare al lavoro. Sylvia si alza di solito più tardi e va direttamente in cucina per fare colazione, lasciando la porta della sua stanza aperta, perché la cameriera capisca che può entrare a riordinare.

Lester dice che domenica sera Sylvia gli aveva detto che avrebbe preso un aereo per Londra il giorno dopo, il lunedì, a che avrebbe fatto i bagagli e salutato Rebecca la mattina. Anche se questo fosse vero, Sylvia doveva alzarsi ad un certo punto per mangiare e vedere sua figlia. Chiaramente Catalina non sapeva nulla di quanto era successo la sera prima, quindi può immaginare la sua sorpresa quando non ha visto Sylvia uscire dalla sua stanza alla solita ora. La poverina ha aspettato fin verso le nove e mezza, le dieci, le undici... Il tempo passava e Sylvia non compariva. Ogni tanto Sylvia fa dei lunghi bagni nel suo bagno privato, accessibile solo dalla sua stanza, ma mai fino a così tardi. Ora dell'una di pomeriggio la cameriera era convinta che fosse successo qualcosa a Sylvia, e si è decisa ad entrare.

La stanza era sottosopra, distrutta, come se fossero passati i ladri, o ci fosse stata una colluttazione. Il letto era sfatto e le lenzuola ammucchiate sul pavimento, c'erano vestiti ovunque, la lampada rotta a terra. Tutti i libri erano stati buttati dalle librerie e lanciati dappertutto, la scrivania era stata spostata.

La cameriera era spaventatissima.

Mi ha chiamata subito, e le ho detto di chiamare la polizia.

- Che ne pensa, dottor Williams?

Il dottor Williams non ne capiva granché, al momento.

- Dovrei vedere la stanza per cercare di capire cosa è successo - Rispose - E soprattutto per capire se Sylvia si sia veramente battuta con qualcuno prima di partire, o se magari stava solo cercando qualcosa nella sua stanza...

- La polizia aveva lo stesso dubbio all'inizio - Continuò la donna - Ero già lì quando sono arrivati, e stavano chiedendo alla cameriera se avesse toccato qualcosa, per assicurarsi che nessuna prova fosse stata danneggiata. La povera Catalina stava piangendo "Non ho fatto niente! Non è colpa mia!", era così spaventata. La polizia ha fotografato tutta la scena, chiedendo a Catalina se non mancasse niente; la borsa di Sylvia e una valigia erano sparite, forse dei vestiti, ma non poteva dirlo con certezza, visto il caos della stanza.

Lester è arrivato a casa verso le 20:30 quella sera: la polizia era ancora lì, nessuno gli aveva detto niente. Gli hanno subito fatto mille domande, e a quel punto ha raccontato la sua storiella. Chiaramente non ha nessun senso, guardando com'era ridotta la stanza, ma lui era fermo inamovibile sulla sua versione.

La signora Bloomshield prese un secondo per respirare, come se dovesse raccogliere tutte le sue forze per continuare.

- E quando la polizia aveva quasi finito, erano quasi pronti per andarsene, alla fine l'hanno trovato: la cosa che li ha convinti che erano sulla scena di una colluttazione, di un crimine. L'hanno trovato sul pavimento, nascosto dietro alla scrivania: la statuetta del Buddha, che Sylvia usava come fermacarte sul tavolo.

La voce della signora Bloomshield si era ridotta ad un sussurro.

- Era macchiato di sangue.

CAPITOLO 10, GIOVEDI 16 AGOSTO 2007

- Mi sembra distratto Dottore - Leslie Connors disse ad un tratto.

Il dottor Williams stava ascoltando Leslie Connors con non più del dieci percento della sua attenzione: stava parlando di Robert, l'uomo che aveva deciso di sposare non più di due settimane prima.

- Le sto dando tutta la mia attenzione Leslie, e sono davvero contento che gli esercizi che abbiamo pensato insieme stiano funzionando, e che sia riuscita ad avere un approccio più razionale alla sua relazione con Robert.

- Senz'altro - Rispose con un ampio sorriso - Cerco di guardare alle cose in modo molto obiettivo e razionale, e cerco di analizzare tutto quello che mi succede, come avevamo detto che avrei fatto. Ogni azione, ogni parola ha un significato preciso nella testa della persona che la sta compiendo o pronunciando, ma questo non è sempre trasmesso a chi osserva l'azione o ascolta la parola. Mi sento come un detective, o uno psicanalista come lei, Dottore: studio Robert così come lei mi sta probabilmente studiando anche in questo momento, per investigare più a fondo i moventi che guidano le azioni, i pensieri dietro alle parole. Mi sta aiutando molto: mi sembra di capirlo sempre di più e sempre meglio. E mi sento anche più forte, più pronta ad affrontare qualunque prova dovessi incontrare. Lei mi capisce, no?

- Sono molto contento di tutto questo, Leslie. Imparare ad essere più forte e magari persino più indipendente la aiuterebbe a capire il valore delle persone che la circondano.

- Non volevo dire questo, Dottore - Lo contraddisse lei, scuotendo decisamente la testa - Non voglio imparare a stare da sola o ad essere indipendente: fortunatamente la mia famiglia si occupa di me alla perfezione, e ho anche molti amici di cui occuparmi a mia volta! Voglio solo dire che mi sento più completa come essere umano, perché credo di poter capire meglio le persone che ho accanto, specialmente Robert. Lo amo così tanto, e voglio essere sicura che lui mi ricambi. E grazie ai suoi esercizi sono abbastanza sicura che anche lui mi ama!

- Leslie, se questo è vero ne sono davvero felice, ma si ricordi di rimanere neutrale il più a lungo possibile, e...

- E di essere razionale - Lo interruppe lei - Lo so. Pensi che sono diventata così razionale che non sto neanche più pensando a chi altro far incontrare a Cora. Forse perché qualche giorno fa mi ha detto che ha conosciuto qualcuno, e quindi forse ora non dovrò più cercare di farle incontrare nessuno... Ma vedremo come andranno le cose.

Leslie Connors senz'altro non perdeva mai la speranza... almeno all'inizio delle sue missioni di accoppiamento. Perché poi diventava sempre più difficile rialzarsi dopo una delusione quasi inevitabile, tanto più forti erano le aspettative che aveva riposto nella sua scommessa. A volte Leslie ricordava al dottor Williams la sua fidanzata Grace: la stessa cocciutaggine nel fare le cose a modo suo, lo stesso orgoglio, ma almeno Grace era più ragionevole nelle sue battaglie, e aveva più spesso successo. Ma gli tornavano in mente le notti senza sonno, e qualche weekend che lei aveva passato al lavoro.

Il dottor Williams stava ascoltando Leslie Connors con non più del dieci percento della sua attenzione: il resto era dedicato a quello che era accaduto il giorno prima.

Capiva benissimo la preoccupazione della signora Bloomshield: la madre di Sylvia Fischer non riusciva ad immaginarsi cosa potesse essere successo in quella stanza, né in generale cosa fosse capitato a sua figlia. Era rimasta d'accordo con il dottor Williams che si sarebbe occupata di informare i detective dell'NYPD dell'esistenza dello psicanalista: il dottore avrebbe potuto fornire loro più dettagli per aiutarli a comprendere Sylvia, la sua mente e tutto quello che si nascondeva dietro la facciata.

La polizia aveva immediatamente chiamato il dottor Williams; il detective a capo delle investigazioni, Zachary Mason, aveva preso accordi con il dottore per il giorno seguente, subito dopo l'appuntamento con Leslie Connors. Quindi sì, il dottore era abbastanza distratto: sapeva che il detective Mason lo stava aspettando fuori dalla porta, ed era al momento molto più interessato a scoprire qualche nuovo dettaglio sulla sparizione di Sylvia Fisher, piuttosto che continuare ad ascoltare Leslie Connors e i dettagli della sua vita amorosa.

- Credo che il nostro tempo qui sia finito Dottore, devo andare - Leslie Connors si premurò di annunciare alle 9 in punto.

- Ci vediamo la settimana prossima, signorina Connors. Si ricordi cosa ci siamo detti oggi: la chiave è la neutralità, razionalità e neutralità proteggeranno il suo equilibrio.

- Grazie Dottore - Sorrise Leslie, uscendo dallo studio.

Martin era pronto dietro la porta: sapeva che Leslie Connors non partiva mai in ritardo, e le sorrise mentre lasciava l'ufficio del dottore: - Dottor Williams, come mi ha chiesto ieri ho spostato alle 11 il suo appuntamento delle 9, e il detective Mason la sta aspettando in sala d'attesa.

- Grazie Martin. Lascialo pure entrare.

Il detective Mason era più giovane di quanto il dottor Williams si aspettasse, ma i suoi occhi sembravano più vecchi del resto del suo corpo, e riflettevano una mente svelta e costantemente all'opera.

- Buongiorno, Dottor Williams, grazie per la sua disponibilità con un così breve preavviso.

- Nessun problema, Detective Mason, sono ben contento di poterla aiutare. Lasci che le prenda una sedia, immagino che non voglia sedersi sul divano...

Il Dottor Williams si alzò per stringere la mano al detective, prese una sedia da un angolo dello studio e la posizionò di fronte alla sua poltrona, dal lato opposto della scrivania.

- Dottor Williams, grazie ancora per il suo aiuto in questa vicenda: avere la sua opinione sui fatti è veramente molto importante per noi, visto che lei potrebbe essere a conoscenza di qualche dettaglio della vita privata della signora Fischer che persino sua madre o suo marito potrebbero ignorare - Il dottor Williams sorrise ed annuì - Vorrei iniziare con qualche domanda più generale, per capire come lei e la signora Fischer vi siete incontrati, e poi vorrei rivedere con lei alcune delle foto che abbiamo scattato nella stanza da letto della signora, lunedì pomeriggio. So che la signora Bloomshield ha già condiviso con lei moltissimi dettagli, quindi non farò finta che lei non ne sappia nulla e le chiederò il massimo riserbo su tutto quello di cui discuteremo qui oggi, ed in futuro.

Il detective attese una risposta affermativa da parte del dottor Williams, ed estrasse un quaderno da una tasca della giacca. Teneva sotto il braccio una busta di documenti, e la pose sulla scrivania.

- Se non sbaglio lei ha in cura la signora Fischer da qualche mese: come e quando è diventata sua paziente?

- È venuta qui spontaneamente qualche mese fa, mi sembra fosse marzo. Di solito i nuovi pazienti arrivano qui consigliati dal loro medico di base o dal medico di medicina interna, o chiunque sia il medico che vedono regolarmente, o da un altro psicanalista. Qualche volta vengono qui spontaneamente: telefonano e prendono un appuntamento. Questi ultimi pazienti sono di solito i più abbienti: hanno assicurazioni che non richiedono un passaggio dal medico di base, o spesso non si preoccupano neanche di avere un'assicurazione. La signora Fischer apparteneva a questo secondo tipo: ricordo che aveva giusto trovato il mio studio su internet ed aveva deciso di venire.

- Le ha spiegato come mai voleva vedere uno psicanalista? - Chiese il detective.

- Diceva che non si sentiva molto bene da qualche tempo: aveva fatto una serie di esami medici che le avevano confermato che non aveva nessuna malattia fisica, quindi si era convinta che doveva essere qualcosa nella sua testa, ed aveva deciso di provare con un altro tipo di medico.

- Ha trovato qualcosa che non andava?

- Non posso darle i dettagli delle mie conversazioni con lei ma, come credo lei sappia già, le posso dire che la sua relazione con suo marito è perlomeno controversa, una continua fonte di disappunto e potenziale depressione. Ma non credo sia depressa, per ora.

- Ha mai parlato di un altro uomo? - Il detective Mason guardò il dottor Williams dritto negli occhi.

- Sì Detective, non ho nessun problema a confermarlo, ed è anzi un argomento di cui volevo parlarle. La signora Bloomshield è a dir poco scettica riguardo al signor Fischer e alla sua versione della conversazione di domenica sera con sua moglie, ma sinceramente io non ci vedo nulla di diverso rispetto a quello che Sylvia Fischer ha raccontato a me. Lei mi ha detto che ha rincontrato un uomo del suo passato, che per questo avrebbe lasciato suo marito, ed ha raccontato la stessa identica cosa a Lester Fischer. Certo, la stanza da letto poi è un'altra storia.

- Esatto, la stanza è tutta un'altra storia, ma è la storia che conta, alla fine. Non so cosa le abbia detto la signora Bloomshield al telefono, ma voglio mostrarle qualche foto.

Il detective aprì la busta che aveva appoggiato sulla scrivania, e ne estrasse alcune foto della stanza da letto: ben arredata, le tende spalancate lasciavano entrare la luce del sole. La stanza era un disastro, ma non così terribile come la signora Bloomshield l'aveva descritta al telefono al dottor Williams: il letto era sfatto e le lenzuola abbandonate a terra; la porta dell'armadio era aperta, l'armadio stesso era vuoto e c'erano vestiti sul letto e per terra; la libreria a destra del letto non aveva più libri: erano stati tutti gettati a terra di fronte ai ripiani. La scrivania e la sedia erano state spostate dalla loro abituale posizione sotto alla finestra, ed ora giacevano accanto all'armadio: tutto quello che una volta era stato sulla scrivania si trovava ora dietro o sotto di essa: fogli, penne, libri, una lampada da tavolo.

- Che ne pensa Dottore? - Chiese il detective.

- La stanza è molto in disordine, ma sembra anche esserci una qualche logica in questo caos: i libri sono tutti accanto alla libreria, i vestiti tutti ammucchiati insieme. Che ne pensa lei?

- Credo che ci sia stata una colluttazione, e che poi qualcuno abbia cercato di coprirla: anche io ci vedo una certa logica.

- Qualcuno ha visto o sentito qualcosa? La cameriera? I vicini? - Al dottor Williams interessava molto quel punto: gli sembrava inverosimile che qualcuno potesse aver creato quel caos nella stanza da letto, per non parlare della lotta che doveva aver avuto luogo, senza che nessuno sentisse nulla.

- I vicini non hanno sentito niente, ma i muri sono molto spessi, e nessuno sente mai niente. La cameriera è arrivata alle 8:30 quel giorno, come tutte le mattine, e il signor Fischer era già uscito, come ogni mattina. Il suo ufficio ha confermato che quel giorno è arrivato verso le 8:15, venti-venticinque minuti più tardi del solito.

- Cosa pensa che sia successo, Detective?

L'investigatore era pensieroso: - Credo che Lester Fischer sia andato nella stanza di sua moglie quella mattina presto, prima di andare in ufficio. Deve averla trovata intenta a preparare i bagagli; magari aveva pensato che quella della sera prima fosse stata solo una minaccia, che lei non fosse seria, dopo tutto, quindi deve essere rimasto sorpreso e ferito quando ha capito che lei aveva veramente intenzione di fare quello che gli aveva promesso: ti lascio per sempre. Magari lui ha perso il controllo, hanno iniziato a discutere, a lottare, lei gli ha lanciato quello che trovava sottomano, lui l'ha colpita e l'ha uccisa, magari volontariamente, magari no. A quel punto gli rimaneva giusto il tempo di risistemare un po' la stanza, sbarazzarsi del corpo (questo passaggio non è ancora chiaro, stiamo ancora perquisendo l'edificio), mettere qualche vestito in una valigia per simulare la partenza e gettare il tutto da qualche parte. E poi andare in ufficio: un giorno come gli altri.

Chiaramente lui nega tutto, dice che non gli importava più nulla di lei e che non è neanche passato dalla sua stanza la mattina in cui Sylvia è scomparsa. Nega anche di aver lottato con lei. Così come nega di averla presa a pugni in faccia fino a farle venire gli occhi neri, appena una settimana prima che lei sparisse del tutto.

- Qual è la sua versione di questa storia, Detective? - Il dottor Williams era curioso adesso: come poteva negare?

- Facile, dice che non è stato lui. L'abbiamo interrogato molto a fondo su questo punto, visto che la cameriera ci ha detto subito che lui aveva già colpito sua moglie, appena qualche giorno prima che lei sparisse. La sua versione è che lui è rientrato a casa una sera e l'ha trovata con gli occhi neri; secondo lui, lei gli avrebbe detto che era inciampata in un tavolo ed era stata talmente sfortunata che aveva sbattuto entrambi gli occhi. Lui dice che la sua storia gli sembrava sospetta, ma non gli importava di investigare più a fondo: peggio per lei se aveva un amante violento.

- Non so, Detective, non conosco personalmente il signor Fischer, ma credo che colpire e uccidere la propria moglie siano due cose molto diverse. Può averla colpita una sera, preso dalla rabbia, magari annebbiato dall'alcol, ma credo che sarebbe molto difficile per chiunque uccidere la propria moglie e poi andare in ufficio come se niente fosse, comportarsi normalmente con i colleghi, lavorare tutto il giorno. Inoltre, crede che l'abbia uccisa per non lasciarla andare via? O potrebbe essere stato un incidente? E dov'è il corpo? E poi: perché negare anche di averla colpita quella prima volta, perché negare tutto quanto? Gli eventi di lunedì mattina avrebbero anche più senso: lei vuole andarsene, i due lottano, e poi lei se ne va, fine della storia.

- E come la mettiamo con il sangue sul Buddha? - Domandò il detective Mason. Sembrava che anche lui avesse in testa le stesse domande.

- Come la mettiamo, Detective?

- Il laboratorio ha confermato che è il sangue di Sylvia Fischer, quindi Lester Fischer deve averla colpita con il Buddha.

- Ci sono impronte sul Buddha?

- Ottima domanda: non ci sono impronte. Forse Lester Fischer aveva qualcos'altro in mano quando ha preso il fermacarte, e ha buttato via questo qualcos'altro insieme alla valigia di Sylvia, e alla sua borsetta.

- Niente impronte, niente corpo, niente di niente. Dov'è Sylvia Fischer, Detective?

- Non lo so, Dottore, non lo so. Magari è morta in un bidone della spazzatura.

- O magari è a Londra, a ridere di suo marito.

- Già, magari è a Londra.

CAPITOLO 11, GIOVEDI 16 AGOSTO 2007

Il dottor Williams era contento di vedere Bradley Hampstead più tardi quel pomeriggio. L'incontro con il detective Mason non era stato dei più piacevoli: il detective era praticamente convinto che Sylvia fosse morta, e sembrava anche avere abbastanza prove per confermare la sua ipotesi. Il dottore non voleva crederci: continuava a ripetersi che molto probabilmente Sylvia aveva fatto quello che aveva detto che avrebbe fatto, e gli sembrava di vederla felice a Londra con il suo amante. Certo c'erano dei dettagli che non combaciavano con quello scenario, in particolare il sangue sul fermacarte a forma di Buddha: cos'era successo in quella stanza, e perché Lester Fischer continuava a negare di saperne qualcosa?

Il dottore scosse la testa, sperando di scuotere ed in qualche modo riorganizzare i pensieri nella sua mente. Non funzionò granché. Ma le sue ore con Bradley erano sempre molto terapeutiche sia per il paziente che per il medico, e il dottor Williams confidava in qualche miglioramento.

Bradley Hampstead bussò lievemente alla porta ed entrò nello studio del dottore; come sempre era vestito di nero, anche in quella calda giornata di metà agosto. Il dottor Williams notò che si era tagliato i capelli, e la ciocca grigia che spuntava da un lato era ancora più evidente di prima, quando i capelli erano una massa informe. Bradley aveva detto al dottor Williams che aveva convissuto con quella macchia grigia fin dal liceo: per quello che ricordava, gli era apparsa poco dopo la morte di suo fratello. Aveva sempre sperato che lo facesse sembrare più vecchio, più interessante agli occhi delle ragazze: non aveva mai funzionato, almeno secondo lui. Quella ciocca grigia era stata l'unica traccia di maturità che si era sviluppata in lui durante l'adolescenza: perdere suo fratello a tredici anni aveva in qualche modo bloccato l'evoluzione della sua personalità. Non voleva invecchiare ed accettare il passare del tempo: non voleva perdere il ricordo di suo fratello, non voleva lasciarlo andare. A volte si comportava in modo totalmente irrazionale, lasciandosi guidare da una rabbia grezza; poteva scagliarsi contro chiunque per una minima divergenza, e molto spesso si era trovato invischiato in risse che avevano portato ad almeno un naso rotto, di solito il suo.

Aveva imparato a comportarsi come un adulto soltanto durante il suo soggiorno al centro di riabilitazione psicologica in California. L'equipe del centro l'aveva aiutato a superare la morte di suo fratello da un punto di vista sia comportamentale che sociale: non avrebbe mai potuto dimenticare suo fratello o smettere di pensare a lui, ma almeno aveva imparato a sfogarsi in maniera più sana con le persone intorno a lui. E, cosa molto più importante, era riuscito ad accettare il fatto che lui fosse morto, e non si era mai più comportato come se lui fosse ancora vivo, non aveva mai più chiesto a sua madre quando sarebbero venuti tutti insieme a prenderlo all'ospedale per portarlo a casa. Bradley Hampstead aveva confidato al dottor Williams che a volte sognava ancora suo fratello, sogni molto reali in cui entrambi erano diventati adulti e passavano il loro tempo insieme, a leggere, dipingere, o anche solo al parco. In alcuni di questi sogni suo fratello aveva una famiglia, una proiezione perfetta della vita e della famiglia che Bradley aveva avuto da piccolo e che aveva amato, quando suo fratello era ancora vivo.

Il dottor Williams poteva capire molto bene, da un punto di vista non solo professionale ma anche personale, la relazione di Bradley con suo fratello e il suo sentimento di abbandono: quando suo fratello Edward Williams aveva diciott'anni, aveva lasciato la California per andare a studiare alla Northwestern University, a Chicago. Alexander Williams aveva solo tredici anni all'epoca e non era riuscito a spiegarsi come qualcuno potesse decidere di lasciare la California per andare a vivere in Illinois, dove gli inverni erano freddissimi e le estati soffocanti. In più, non era riuscito a perdonare suo fratello per averlo abbandonato proprio prima dell'inizio del liceo: secondo quello che aveva sentito dire in giro, il liceo era un posto orribile.

I primi mesi erano stati durissimi per Alexander Williams: non era abituato a passare tutto quel tempo da solo, e si era sentito tradito da suo fratello. Certo, Edward telefonava e mandava lettere e cartoline: non c'erano email o telefoni cellulari all'epoca. Ma adesso era così lontano, aveva tutta un'altra vita: era diventato un'altra persona. Alexander Williams aveva dovuto farsene una ragione, ed accontentarsi di vedere suo fratello giusto a Natale, e magari un paio di settimane in estate.

La situazione del dottor Williams era evidentemente molto diversa da quella di Bradley Hampstead: Edward Williams era vivo e vegeto, e felice della sua vita da professore in quella stessa università dove si era laureato, aveva fatto un dottorato in Economia, ed aveva conosciuto quella che sarebbe poi diventata sua moglie.

Il legame tra fratelli è estremamente forte: si può torcere e strizzare, ma non si può rompere. Due fratelli possono avere personalità completamente diverse, litigare per anni; possono essere invidiosi l'uno dell'altro per mille ragioni, ma resteranno sempre fratelli: una connessione più forte dell'amicizia o persino dell'amore. Aver perso suo fratello era stata un'esperienza che ancora perseguitava Bradley Hampstead molti anni dopo, più incancellabile di qualsiasi altra perdita.

Bradley Hampstead portò soltanto un disegno per la sessione di quel giorno. Una donna in un lungo corridoio: ritratta di spalle, si allontanava nell'oscurità. I piedi sbiaditi, le mani nascoste nell'ombra, nel buio del corridoio: la luce svaniva in fondo ad esso. Bradley raccontò al dottor Williams che non sapeva chi fosse quella donna o dove stesse andando, ma aveva come l'impressione che qualcuno o qualcosa l'attendesse dietro l'angolo.

Il dottor Williams pensò che quella gli sembrava un'ottima rappresentazione della vita di Bradley Hampstead, e di come lui cercasse costantemente di lasciarsi alle spalle i suoi demoni. Molto spesso l'artista disegnava figure di donna, come per esprimere il suo desiderio di evolvere in qualcosa di completamente diverso, qualcuno di più vivo. Le donne di Bradley ricordavano sempre al dottor Williams la sua fidanzata Grace: anche lei era una e cento donne diverse, un concerto di tutti quei sentimenti e quelle emozioni che Bradley catturava nelle sue figure femminili.

Bradley Hampstead forse non era mai stato molto fortunato con le donne, ma senz'altro riusciva a capirle ed a raccontarne i segreti molto meglio di quanto il dottor Williams pensava di poter mai arrivare a fare.

CAPITOLO 12, GIOVEDI 30 AGOSTO 2007

Erano passate due settimane dalla prima volta che il dottor Williams aveva incontrato il detective Mason. L'estate era ancora calda e umida a New York, le temperature superavano ancora i ventotto gradi; i turisti affollavano la città, mentre i Newyorchesi si preparavano a scappare per il weekend lungo del Labor Day. Il dottore aspettava il detective quel pomeriggio nel suo ufficio, per un aggiornamento sulla scomparsa di Sylvia Fischer.

Il dottor Williams era rimasto abbastanza stupito quando, un paio di giorni prima, il suo assistente Martin gli aveva detto che il detective Mason lo aveva cercato al telefono, e che voleva parlargli di persona prima della fine della settimana. Lo psicoterapeuta aveva seguito gli sviluppi del caso Sylvia Fischer sui giornali: la polizia non l'aveva ricontattato, fino ad allora, e lui non sapeva nulla di più di quanto il New York Times aveva pubblicato in un articolo dal titolo "Amore o morte? I misteri di una coppia bene di New York". Il giornale aveva presentato in modo abbastanza neutro le due opzioni considerate più plausibili fino a quel momento: la signora Fischer aveva lasciato suo marito ed era scappata a Londra con il suo amante, come aveva minacciato, oppure era stata uccisa ad un certo punto mentre si preparava per andarsene. Non c'erano prove sufficientemente chiare per supportare l'una o l'altra opzione, e la polizia sperava di trovare una coppia felice in Inghilterra, o un corpo nascosto da qualche parte a New York. Il dottor Williams era ancora più convinto della prima opzione, e il detective a capo delle indagini voleva incontrarlo una seconda volta.

Martin fece entrare il detective Mason nello studio del dottor Williams qualche minuto dopo le 17:30.

Per una strana coincidenza, in un normale giovedì pomeriggio Sylvia Fischer sarebbe passata dalla stessa porta più o meno alla stessa ora.

- Buongiorno dottor Williams, mi dispiace interrompere il suo lavoro ancora una volta. Grazie per avermi accolto nel suo ufficio - L'investigatore esordì con un'espressione stanca in viso.

- Buon pomeriggio Detective, non si preoccupi, e mi consideri disponibile in ogni momento. Lo sa, vorrei proprio poterla aiutare. Come sta?

Il detective Mason sedette su una sedia di fronte al dottore, e si appoggiò al tavolo per avvicinarsi al dottor Williams: - Sono due settimane che cerchiamo questo dannato corpo, Dottore. Non ce n'è nessuna traccia. Di solito diciamo che dopo una settimana le tracce cominciano a svanire; due settimane sono due volte peggio.

- Non avete trovato niente di niente? Nessun indizio da seguire? - Il dottore voleva rendersi utile.

- Sono qui proprio per questo, Dottore: abbiamo trovato un diario nella stanza della signora Fischer. Non era nascosto, era giusto nel cassetto della scrivania, insieme a qualche carta dell'assicurazione e qualche documento della banca.

- Aveva un'assicurazione sulla vita? - Il dottore interruppe il detective.

- Come?

- Scusi se la interrompo, Detective, ma visto che ha parlato di assicurazione mi chiedevo giusto se la signora Fischer non avesse un'assicurazione sulla vita.

- Certamente ne aveva una, tutti ce l'hanno. So cosa sta pensando, e anche noi ci abbiamo pensato: l'unico beneficiario dell'assicurazione è la figlia, ma la madre della signora Fischer ne amministrerà i beni fino al diciottesimo compleanno della bambina. La signora Fischer ha cambiato il nominativo del beneficiario quando è nata la figlia, e ha aggiunto la clausola dell'amministrazione: è una pratica abbastanza comune quando si ha un figlio.

Abbiamo anche controllato il contratto di matrimonio: anche qui la figlia della signora Fischer ne eredita tutti i beni. Il signor Fischer non eredita nulla direttamente: è soltanto l'amministratore legale degli investimenti fino ai diciott'anni della figlia; ma questo non vuol dire molto, visto che una compagnia di gestione finanziaria si occupa di tutto.

- Quindi i soldi non possono essere il movente, giusto? - Il dottor Williams voleva esserne certo.

- Diciamo che è molto improbabile, Dottore - Annuì il detective - Non si può mai essere sicuri di niente in questi casi, ma la famiglia del signor Fischer è molto benestante. Magari non allo stesso livello dei genitori della signora Fischer, ma sicuramente non ha mai avuto bisogno di soldi: anche lui guadagna molto bene. La pista più verosimile che abbiamo per ora è il movente passionale, la gelosia, la rabbia; i soldi sono fuori dal gioco.

- Molto bene.

- Mi diceva del diario della signora Fischer, scusi se l'ho interrotta così di punto in bianco.

- Già, il diario. Non ho potuto portarglielo qui perché è una prova nell'indagine, ma vorrei farle qualche domanda. Abbiamo analizzato la calligrafia, e senza dubbio combacia con quella della signora Fischer. Pensa che tenere un diario possa rientrare nel profilo psicologico della signora? Gliene aveva mai parlato?

- Non credo che me ne abbia mai parlato - Il dottore stava cercando di ricordare - Ma non mi sembra per niente assurdo. Non le piaceva la sua vita, o almeno alcune sue parti, e scrivere è il modo di esprimere la propria frustrazione e i propri dolori più comune tra le donne. Gli uomini di solito scelgono metodi più fisici per sfogarsi, come un'attività sportiva intensa o l'alcol; le donne tendono piuttosto a scrivere o prendere pillole. Per caso ha trovato antidepressivi o pillole per dormire? Non gliene ho mai prescritti, ma per quanto ne sappiamo poteva essere stata in cura da un altro psicanalista in passato, o perfino in questo stesso periodo.

- Come mai non le aveva mai prescritto nulla? - Domandò il detective, più per curiosità che per altro.

- Non ho mai pensato che avesse bisogno di medicine. Non era depressa, come mi pare di averle già detto; era frustrata, disillusa, ma non clinicamente depressa. Aveva bisogno di terapia, non di farmaci. Ma so che molti miei colleghi non sarebbero d'accordo con me: gli antidepressivi sono forse la categoria di farmaci più abusati nel nostro paese, non sarei sorpreso se ne avesse avuti in casa.

- Non ne abbiamo trovati nel suo appartamento, e la cameriera ci ha confermato che non mancava nulla dall'armadietto delle medicine nel bagno privato della signora Fischer. Ma non abbiamo trovato la sua borsetta, dove magari poteva averne.

Cosa pensa che avrebbe potuto o dovuto scrivere sul suo diario riguardo a tutta questa situazione, nel caso in cui fosse veramente partita con il suo amante?

- Mi aspetterei grande eccitazione - Il dottor Williams rispose al detective, dopo aver raccolto i pensieri per qualche secondo - Mi aspetterei punti esclamativi, descrizioni accurate di sentimenti piuttosto che di azioni, qualche piano per il futuro, ma più probabilmente descritti come sogni, piuttosto che dettagli pratici. Per esempio, la signora Bloomshield mi ha detto che, secondo la versione del signor Fischer, la coppia di amanti aveva già pianificato il viaggio a Londra per la signora Fischer. Se questo fosse vero, Sylvia avrebbe scritto che non vedeva l'ora di prendere quell'aereo, avrebbe parlato di come contava il passare delle ore, dei secondi che la separavano dal quel momento, di come amava quell'uomo e voleva passare la sua vita con lui. Non avrebbe senz'altro specificato su che volo sarebbe salita, con che compagnia o a che ora, o quanto sarebbe durato. Magari aveva scritto l'ora della partenza sulla sua agenda, o su un pezzo di carta che aveva poi infilato in borsa.

- Mi sembra un'ottima analisi Dottore, e corrisponde molto bene con quanto abbiamo trovato nel diario, a partire più o meno da metà luglio. Non c'è molto nei mesi precedenti: qualche luogo e data di vacanze, qualche cartolina; ha scritto la data del compleanno di sua figlia, ma quella pagina non contiene molto di più.

- Mi sembra ragionevole: la sua vita non le era mai sembrata molto interessante, prima di incontrare l'altro uomo. Il suo nome è mai citato nel diario?

- Lei lo chiama Bob, ma non c'è nessun altro dettaglio personale su di

70

lui: non le sembra strano, tra l'altro?

- Non credo - Il dottore rispose subito - Mi aspetterei una Sylvia Fischer proiettata verso il futuro, quindi il presente sarebbe immediatamente molto meno interessante, e il passato di Bob ancora meno importante. Potrei dirle se ci fosse qualcosa di strano se mi lasciasse leggere il diario, ma così non è facile. Perché poi è così concentrato sul diario? Ha trovato qualcosa che non combacia con le sue ipotesi?

Il detective Mason guardò il dottor Williams dritto negli occhi: gli serviva il suo aiuto, ma non voleva rivelare troppi dettagli. Non aveva ancora deciso come gestire il dottore.

- Credo che il diario sia coerente, e sono d'accordo con i suoi commenti. Il punto è che il diario è l'unica cosa che abbiamo: non c'è nessuna traccia del corpo di Sylvia Fischer, e nessun'altra traccia di sangue nell'appartamento, a parte il fermacarte a forma di Buddha. La cameriera giura che non ha toccato nulla, e che quando ha riordinato la stanza del signor Fischer, quello stesso lunedì mattina, non ci ha trovato niente di strano. Nessuno ha visto il signor Fischer fare nulla di insolito quella mattina: non aveva borse ingombranti quando è uscito per andare al lavoro, o strani pacchi; non ha gettato nulla da nessuna parte; non si è comportato in modo strano al lavoro. Quel giorno è arrivato in ufficio un po' in ritardo rispetto al solito, ma per ragioni non connesse con sua moglie: la sua auto ad un certo punto ha avuto un problema meccanico, il suo autista ha cercato di rimetterla in moto per qualche minuto e poi gli ha chiamato un taxi.

Per il resto è stata una giornata normale per Lester Fischer. Ha detto che si è svegliato alla solita ora, le 6:45 di mattina, e si è preparato per andare a lavorare; è entrato nella stanza della figlia, per un bacio di arrivederci, ma l'ha trovata ancora addormentata. Ammette di aver poi bussato alla porta della moglie, visto che si aspettava un addio. Lei non ha risposto, quindi lui ha immaginato che lei stesse ancora dormendo e che magari aveva già cambiato idea, ed è uscito per andare al lavoro. Come le dicevo, una giornata normale.

Ma d'altra parte nessuno ha visto la signora Fischer lasciare il suo appartamento. La bambinaia e la cameriera sono arrivate verso le 8:30 quella mattina, per occuparsi dell'appartamento e della figlia dei Fischer; la signora Fischer non si è fatta vedere nella stanza di sua figlia, e né la baby-sitter né la cameriera l'hanno incrociata in casa da nessun'altra parte. Ci sono tre portieri nel palazzo, per assicurare una copertura ventiquattr'ore su ventiquattro; il cambio di turno della mattina è alle 8, ma nessuno ha visto la signora Fischer uscire, né il portiere di notte né quello di giorno. L'edificio ha una seconda uscita sul retro, ma conduce solo alla corte interna: non c'è accesso all'esterno da lì.

- Magari se ne è andata a notte fonda: non si è fatta sentire da nessuno in casa, e forse era in qualche modo travestita e il portiere di notte non l'ha riconosciuta; o magari è uscita con qualcun altro, e il portiere non l'ha vista... - Il dottore cercava nuove soluzioni al rompicapo.

- Non ci sono telecamere di sicurezza all'ingresso del palazzo, quindi non possiamo esserne matematicamente certi, ma ho personalmente interrogato tutti i portieri: niente da fare.

- Allora che ne pensa, Detective Mason? Dove pensa che sia Sylvia Fischer? Ancora non crede che possa essere scappata, giusto?

Il detective non era più tanto sicuro di niente: - Abbiamo frugato dappertutto nell'edificio: depositi, locali pattumiera, cortile sul retro, ripostigli dell'impresa di pulizia e della manutenzione, locale ascensori. Niente. Abbiamo analizzato i vestiti e l'auto del signor Fischer in cerca di tracce di sangue; abbiamo parlato con tutti i possibili testimoni. Niente.

Magari ha ragione lei Dottore, magari è davvero da qualche altra parte. Abbiamo controllato i dati del suo telefono cellulare e del telefono di casa, in cerca di numeri che non fossero mai apparsi nei mesi precedenti, ma non abbiamo trovato nulla che potesse farci pensare ad uno scambio telefonico con Bob. Abbiamo già chiesto a tutte le compagnie aeree di mandarci le liste di tutti i passeggeri maschi che hanno lasciato New York per Londra le settimane scorse, e che erano arrivati qui ad inizio luglio. Abbiamo anche chiesto la lista di tutte le donne che hanno viaggiato da sole a partire dal 12 agosto, l'ultimo giorno in cui Sylvia è stata vista a casa. Farò qualche telefonata per cercare di velocizzare le cose: alla fine potremmo davvero trovare Sylvia Fischer a Londra.

- Continuiamo a sperare, Detective.

- Dobbiamo, Dottore: è l'ultima cosa che ci resta.

CAPITOLO 13, MERCOLEDI 17 OTTOBRE 2007

Il dottor Williams si svegliò più tardi del solito: il suo primo paziente sarebbe stato alle 9:30 quella mattina, e per una volta aveva deciso di fare le cose con calma. Il tempo era ancora abbastanza bello per andare a correre a Central Park: quell'ottobre era generoso con i Newyorchesi.

Dopo aver corso ed aver fatto una doccia, si prese il tempo per fare colazione a casa, leggendo la sua copia quotidiana del New York Times. Era diventata un'abitudine: aveva deciso di abbonarsi al giornale dopo che Sylvia Fischer era scomparsa, un paio di mesi prima, per seguire l'evoluzione delle indagini della polizia. Non era successo granché fino a quel momento: la signora Fischer e il suo amante non erano ancora stati trovati a Londra, ma neanche il corpo di Sylvia Fischer era stato individuato; in mancanza di una prova inconfutabile, nessuno era stato arrestato. Sembrava che la polizia avesse già seguito tutti gli indizi, ma il caso era ancora aperto. Il dottor Williams decise di chiamare il detective Mason quella mattina, per sapere se ci fossero novità.

- Buongiorno Martin - Disse il dottor Williams, aprendo la porta della sala d'attesa ed avvicinandosi al banco del suo assistente - Sono al telefono per qualche minuto; ti faccio sapere quando mi libero, e puoi far entrare il signor Sommersville quando arriva.

- Molto bene. Non è ancora arrivato, ma sono sicuro che non sarà in ritardo.

Il dottor Williams guardò fuori dalla finestra del suo ufficio, mentre aspettava di essere connesso al dipartimento di polizia di New York.

- Buongiorno, qui è il dottor Alexander Williams, vorrei parlare con il detective Mason, se possibile.

- La collego alla sua linea diretta, attenda prego - Una voce rispose all'altro capo del filo.

- Pronto? Detective Mason.

- Buongiorno Detective, sono il dottor Williams, come vanno le cose?

- Buongiorno Dottore, come sta? Mi aspettavo una sua chiamata, uno di questi giorni; mi ero ripromesso che l'avrei chiamata io stesso, ma è stato più veloce di me alla fine. Immagino che voglia qualche aggiornamento sul caso Sylvia Fischer, giusto?

- Esatto, ho seguito i giornali, ma non ci sono state molte novità, per essere onesto. Mi sono detto che l'avrei chiamata direttamente, per vedere se potevo fare qualcosa per aiutarla.

- Proprio per questo l'avrei chiamata io in ogni caso, Dottore, quindi non si preoccupi. Abbiamo seguito delle piste che sembravano promettenti, ma alla fine nessuna si è mostrata molto fruttuosa. Avevamo raccolto e abbiamo analizzato tutte le informazioni delle compagnie aeree e tutti i video delle telecamere di sicurezza degli aeroporti per cercare qualcuno che assomigliasse a Sylvia Fischer, considerando che potrebbe aver viaggiato con documenti falsi. Abbiamo anche cercato qualcuno che potesse corrispondere alla brevissima descrizione di Bob che avevamo trovato nel diario. Non abbiamo trovato la signora Fischer, e i pochi uomini che abbiamo individuato, possibili corrispondenze per Bob, non hanno in verità destato alcun dubbio nei poliziotti inglesi e americani che li hanno interrogati.

Stiamo verificando altre grandi città europee, come Parigi e Francoforte, visto che non siamo neanche sicuri che Bob abbia preso un volo diretto per Londra: poteva avere altri impegni di lavoro altrove. Come probabilmente avrà già capito dalla mancanza di notizie dell'ultima ora nei telegiornali, non abbiamo trovato assolutamente nulla.

Stiamo conducendo altre investigazioni su Bob, secondo quanto abbiamo a disposizione dal diario di Sylvia e dai pochi dettagli che lei stesso ha potuto darci, ma per ora non siamo stati in grado di rintracciarlo. Non c'è nessun riferimento al suo cognome da nessuna parte, e nessuno sembra sapere niente di lui; anche il suo nome potrebbe essere solo Bob, o Bobby, o Robert, o qualsiasi altra cosa, per quanto ne sappiamo.

- Immagino le sue difficoltà, Detective - Il dottor Williams interruppe il fiume di parole che usciva dal ricevitore del telefono - Come posso aiutarla, come posso dare una mano?

- Lei è molto gentile, Dottore - Il detective suonava onestamente grato - Vorrei giusto chiederle se ha avuto qualche altro contatto di qualsiasi tipo con Sylvia Fischer, dopo la sua scomparsa. A volte i pazienti in psicanalisi tendono a mantenere un legame molto forte con i loro terapisti.

- Sono d'accordo, ma purtroppo non è questo il caso: il mio assistente non ha ricevuto nessuna chiamata o messaggio da parte sua, non credo mi abbia più cercato.

- Per caso qualcuno nella sua famiglia, specialmente i suoi genitori, l'ha contattata? Sua madre non si fida molto della polizia: mi chiama ogni giorno per chiedermi se ho trovato sua figlia, e si arrabbia sempre di più ogni volta che le dico che ci stiamo ancora lavorando. Dice sempre che è preoccupata, che ha una brutta sensazione, e che vuole riavere sua figlia, o almeno sapere che sta bene; le rispondo sempre che anche io voglio le stesse cose.

Non lo ammetterà mai, ma sono abbastanza sicuro che abbia assunto un investigatore privato, o qualcosa di simile. Farebbe qualsiasi cosa per riavere sua figlia.

- Vuole che provi a chiamarla io? - Chiese il dottor Williams.

- Se pensa che possa calmarla e far sì che la signora Bloomshield mi telefoni meno di cinque giorni alla settimana, faccia pure. Altrimenti, non so quanto potrebbe aiutarla.

- Va bene, non la disturbo oltre allora. Mi chiami in qualsiasi momento se avesse bisogno di qualsiasi cosa.

- Senz'altro. Buona giornata - E il detective riattaccò il telefono.

- Non mi stupisco che la madre della signora Fischer abbia una brutta sensazione, chi non l'avrebbe al posto suo? - Il dottor Williams pensava a voce alta. Era ancora convinto che Sylvia Fischer fosse a Londra, e che la polizia non riuscisse a trovarla solo perché lei non voleva essere trovata: aveva tagliato tutti i ponti con quella vita che non voleva più. Ma doveva essere così difficile per la signora Bloomshield, tutti quei mesi senza nessuna notizia della figlia.

Il dottor Williams sperò che il signor Sommersville potesse raccontargli qualche storia più leggera sul rapporto genitori-figli: le cose stavano andando abbastanza bene con sua figlia, da un paio di mesi a quella parte.

Il dottore riprese in mano la cornetta: - Martin, puoi lasciar entrare il signor Sommersville, quando è pronto.

La porta si aprì dopo un leggero bussare, e il signor Sommersville entrò nello studio del dottore. Sembrava rilassato, gli occhi limpidi.

- Buongiorno Dottore, come sta? - Aggiunse con un sorriso e una stretta di mano.

- Molto bene, signor Sommersville, grazie. Lei ha un aspetto migliore di settimana in settimana. Come stanno andando le cose?

- Ha ragione Dottore, mi sembra di essere ogni settimana un po' più felice, e tutto sembra andare di bene in meglio. Charles, il fidanzato di Julia, mi piace molto, e sa perché? - Il dottor Williams scosse la testa con un sorriso appena abbozzato - Perché mi fa un po' pensare a me stesso alla sua età: molto focalizzato, sa quello che vuole e non ha nessun dubbio sulle sue priorità nella vita. Sa che vuole sposare Julia, e ora so che non la vuole per i soldi.

Senz'altro si ricorderà che questo mi preoccupava molto all'inizio: Julia è molto intelligente, ma anche molto giovane, e temevo che non sarebbe stata in grado di gestire un uomo come Charles. Ma i fatti mi hanno già smentito! Hanno già firmato un contratto prematrimoniale, per archiviare una volta per tutte le questioni di soldi. Inoltre, lei voleva sposarsi prima della fine dell'anno, ma Charles l'ha convinta a posticipare fino alla prossima primavera: le ha detto che hanno tutto il tempo del mondo, e che lui senz'altro non sarebbe andato da nessuna parte senza di lei. All'inizio lei è rimasta un po' perplessa: forse lui ci stava ripensando? Chiaramente lei non mi diceva nulla di tutto ciò: non ero stato molto contento di lui all'inizio, e lei non voleva farmi passare l'entusiasmo degli ultimi tempi. Ma se c'è qualcosa che ho imparato sull'essere un padre, è che i genitori hanno sempre le idee più chiare: lei non potrà mai nascondermi i suoi sentimenti, devo solo guardarla un istante per capire se c'è qualcosa di storto. Avrebbe dovuto vederla: era così preoccupata! Per un attimo era tornata la mia bambina: spaventata e in attesa di un mio consiglio. E in questo caso è anche stato facilissimo: ero completamente d'accordo con Charles. Non c'è nessuna fretta: Julia è ancora all'università, e verosimilmente vorrà laurearsi prima di fare altri piani di vita; potrebbero anche aspettare ancora qualche anno prima di sposarsi, e darsi un paio di mesi è senz'altro un'ottima idea.

Il signor Sommersville tacque.

- L'ha convinta?

- Certo! Come le dicevo, i genitori hanno sempre le idee più chiare, e anche Julia lo sa.

Vedere il signor Sommersville così sollevato era un piacere per il suo medico: aveva fatto grandi sforzi per combattere quella paura di essere abbandonato da sua figlia e per capire la sua Julia, e la sua costanza lo stava ripagando appieno.

Una volta finito il loro tempo insieme, il dottor Williams accompagnò il signor Sommersville alla porta e gli augurò una buona giornata. Tornando a sedersi alla sua scrivania non poté fare a meno di ripetere nella sua testa le parole del signor Sommersville: i genitori hanno sempre le idee più chiare.

Il detective Mason gli aveva detto che i genitori della signora Fischer non si fidavano della polizia, visto che nessuno sembrava in grado di trovare alcun indizio su dove potesse trovarsi la loro figlia. E se il problema non fosse stato che semplicemente non si fidavano del detective? E se avessero deciso di non svelargli qualche dettaglio cruciale? E se magari avessero saputo qualcosa di Bob? Sembrava così strano che i genitori di Sylvia Fischer non avessero la più pallida idea di chi fosse questa persona: i due si erano incontrati per la prima volta quando lei era ancora molto giovane, senz'altro ad un'età in cui la sua relazione con i genitori poteva essere ancora solida. Il dottor Williams aveva la sensazione che qualcosa si fosse rotto tra Sylvia e i suoi genitori, ad un certo punto dopo il suo matrimonio con il signor Fischer: aveva detto che sposare Lester era stata la soluzione migliore per tutti, per la sua famiglia ed i suoi futuri figli.

Per tutti gli altri forse, ma per lei?

CAPITOLO 14, GIOVEDÌ 29 NOVEMBRE 2007

- Non crederà mai a cos'è successo! Provi a indovinare! - Leslie Connors era a dir poco sovreccitata. Era entrata nello studio del dottor Williams con un enorme sorriso stampato in faccia, e aveva detto che, per una volta, voleva sedersi sulla sedia. Quello sarebbe stato un ottimo segno per qualsiasi altro paziente: il divano offriva più conforto, e i pazienti potevano appoggiare la testa allo schienale, rilassarsi più facilmente. Dall'altro lato, la sedia li costringeva a stare più dritti, li forzava a stare più vicini al dottore, facilitava gli sguardi diretti ed in definitiva esponeva i sentimenti più profondi dei pazienti; era più rischiosa per loro, in qualche modo. I pazienti di solito venivano promossi alla sedia quando si sentivano più sicuri di loro stessi, oppure nei casi in cui avessero qualcosa da mostrare al dottor Williams, come i disegni di Bradley Hampstead. In quel caso, il dottore non sapeva se Leslie Connors dovesse mostrargli qualcosa, ma era abbastanza sicuro che la giovane donna non avesse bisogno di sentirsi ancora più sicura di sé.

- Provi a indovinare, Dottore! Faccia un tentativo! - Ripeté lei, trascinando la sedia con le gambe per avvicinarsi ancora di più alla scrivania del medico. Agitava molto le mani, ed a un certo punto le appoggiò sul tavolo, le palme in basso.

- Andiamo Dottore, non vede niente? - Chiese ancora, facendo ondeggiare le dita. Finalmente il dottor Williams lo notò: un diamante enorme sul suo anulare sinistro.

- Oh, ora capisco: è quello che penso che sia? - Il dottore capì cosa lei voleva assolutamente che lui vedesse quel giorno. Era abbastanza sicuro di cosa fosse, ma voleva che lei gli spiegasse meglio come se fosse finito sul suo dito.

- Lo è! - Quasi gridò lei - Robert mi ha chiesto di sposarlo il giorno del Ringraziamento, non è una cosa meravigliosa? Vuole sapere tutta la storia?

- Senz'altro, e congratulazioni - Il dottore non si sarebbe mai perso quella storia!

- Benissimo allora. Mi sembra di averle già detto che Robert ed io avremmo passato il Ringraziamento insieme: i nostri padri sono amici da molti anni, e le nostre famiglie si sono sempre trovate la sera del Ringraziamento, una volta ripartiti tutti i parenti da entrambi i lati. Quest'anno è stato diverso, visto che Robert ed io stiamo insieme.

La mattina del Ringraziamento, giovedì, è venuto a prendermi abbastanza presto. Era ancora più affascinante del solito, e il suo sorriso era ancora più abbagliante! Oh, avrei dovuto capire che c'era qualcosa nell'aria quel giorno, di solito sono brava a capire quando qualcosa bolle in pentola! Ma evidentemente ero troppo accecata dalla gioia per accorgermi che ne era in arrivo un carico supplementare. Abbiamo deciso di camminare per qualche minuto fino a casa dei miei genitori; il tempo era abbastanza clemente e non avevamo neanche troppo freddo quando siamo arrivati lì. Abbiamo passato un giorno del Ringraziamento straordinario: abbiamo aiutato mia madre a coordinare il cuoco e la cameriera, e abbiamo pranzato tutti insieme, con i nostri genitori e qualche parente stretto da entrambi i lati. E ovviamente c'era anche Jennifer, con suo marito e i suoi genitori, visto che è sposata con il fratello di Robert, come sa. È stato il Ringraziamento più bello della mia vita! Lei ha fatto qualcosa di speciale per il ringraziamento, Dottore?

- Mi scusi? - Il dottor Williams non si aspettava una pausa così improvvisa in quel fiume di parole.

- Ho detto: ha fatto qualcosa di speciale per il Ringraziamento, Dottore?

- Oh niente di speciale, almeno non speciale quanto il suo, immagino.

Sono andato a Chicago per un paio di giorni, dove mio fratello abita con la sua famiglia.

- Ha ancora i suoi genitori, Dottore? Erano anche loro a Chicago? Spero di non sembrarle troppo impicciona, ma mi interessa giusto sapere qualcosa in più su di lei: lei sa tutto di me, ma io non la conosco per niente - Aggiunse con un sorriso. A volte era molto ingenua, ma sempre genuina.

- Non si preoccupi, e sì, ho ancora i miei genitori, grazie, per fortuna sono abbastanza giovani e in salute. Ma torniamo alla sua storia: è la ragione per cui lei è qui, ed è senz'ombra di dubbio molto più interessante del mio Ringraziamento.

- Senz'altro. Dunque stavamo tutti passando il miglior Ringraziamento della nostra vita - Chiaramente non mancava di fiducia in se stessa - Quando ad un tratto, improvvisamente, subito dopo la torta di mele, Robert mi ha chiesto se volevo andare a prendere un po' d'aria fuori. I miei genitori hanno una terrazza meravigliosa, con vista su Central Park, e ho suggerito a Robert di andare lassù. Molto misteriosamente lui ha risposto "Speravo che avresti detto così" ed io mi sono detta va bene, saliamo. Abbiamo preso i cappotti, visto che siamo comunque in novembre e non fa caldissimo fuori, e siamo usciti.

Ah avrebbe dovuto vederlo Dottore! Robert aveva complottato con mia mamma per installare un divano rosso sulla terrazza, e per circondarlo completamente di rose, dozzine di bouquet rossi: un sogno incredibile. Ci siamo seduti sul divano, e lui mi ha detto che avevo fatto di lui l'uomo più felice della terra, ci crede Dottore? E che aveva un solo rimpianto, non esserci confessati il nostro amore anni fa: avremmo potuto passare molti più anni di felicità insieme. E per questo aveva deciso che non voleva perdere altro tempo, e che voleva sposarmi al più presto possibile. A questo punto ha aperto una scatolina blu che gli era in qualche modo apparsa in mano (credo che ce l'avesse in tasca prima), si è inginocchiato ai miei piedi e mi ha chiesto "Vuoi sposarmi?". Così, molto semplice, molto Robert. Allora ho detto di sì, e ci siamo fidanzati!

Sono così felice Dottore, la mia vita è completa adesso. Vede, ho seguito tutti i suoi consigli, sono stata razionale e ho pensato moltissimo, per essere certa che Robert fosse davvero l'uomo della mia vita. E ora so che lo è, e che anche io sono la donna della sua vita: cos'altro potremmo chiedere?

Leslie Connors aveva gli occhi colmi di lacrime, e il dottor Williams dovette ammettere che la sua felicità era commovente: aveva superato molti ostacoli, aveva sofferto e si era illusa, ma sembrava che le cose avessero cominciato a girare per il verso giusto per lei. Ed era contento di aver contribuito a metterla sulla buona strada.

- Devo ammettere che ero preoccupato per lei la prima volta che mi ha raccontato di Robert, ma vedo che ha fatto dei progressi enormi, e che aveva ragione riguardo ai sentimenti di Robert per lei: questa è la parte più importante della storia.

- Lo so Dottore - Rispose Leslie, asciugandosi le lacrime e riprendendo il suo sorriso estatico - Ma la perdono per non aver creduto in Robert all'inizio, e la ringrazio per avermi insegnato a commettere meno errori. Mi sembra di aver fatto talmente tanti progressi insieme a lei, e non vedo l'ora di diventare una persona ancora più matura con il suo aiuto.

- Non aspetto altro - Il dottor Williams rispose con un sorriso, sinceramente soddisfatto del miglioramento della sua paziente.

Leslie si lasciò andare in ricchi dettagli sulla reazione della sua famiglia e di quella di Robert: tutti erano "al massimo storico della loro eccitazione", per dirla con parole sue.

Più tardi quel giorno, mentre pranzava in ufficio e leggeva il giornale, il dottor Williams continuava a pensare a Leslie Connors, ed a sperare che le cose continuassero a scorrere lisce per lei: era una persona spontanea e gentile, e meritava di essere felice.

Improvvisamente, un breve articolo sul New York Post catturò la sua attenzione:

Il Caso È Chiuso
La Polizia Rinuncia A Ritrovare Donna Scomparsa

NEW YORK, Giovedì, 29 Novembre — Il Dipartimento di Polizia di New York, NYPD, ha continuato a procedere a tentoni nel buio per tre mesi, prima di comunicare ufficialmente la sua decisione di interrompere le ricerche di una Newyorchese scomparsa quest'estate. La decisione è stata resa nota durante una breve conferenza stampa non pubblicizzata, ieri a New York City.

Il detective a capo delle indagini, Zachary Mason, ha spiegato che il

Dipartimento di Polizia ha cercato la signora Sylvia Fischer senza successo per più di tre mesi. Non ci sono prove che possano confermare l'omicidio o il rapimento, perciò gli investigatori hanno deciso di fermare le indagini nella forte convinzione che la donna abbia lasciato gli Stati Uniti e sia scappata a Londra per seguire il suo amante, il cui nome non è stato confermato. Il marito della signora Fischer, Lester Fischer, sembra ancora più convinto della polizia del fatto che sua moglie lo abbia semplicemente lasciato: "Una sera ha detto che se ne voleva andare" ha commentato in una recente dichiarazione, "e la mattina dopo se n'era andata: è già abbastanza doloroso ammetterlo a me stesso, avrei preferito evitare ogni commento pubblico".

I genitori della signora Fischer non hanno voluto commentare la decisione della polizia, ma una fonte vicina alla famiglia ha raccontato a questo giornale che sono estremamente delusi, e che sono sicuri che qualcosa di terribile sia successo alla loro figlia: non hanno avuto sue notizie dal giorno in cui è scomparsa, e questo per loro non è assolutamente un buon segno.

Dov'è Sylvia Fischer? Perché non ha contattato la sua famiglia? Scopriremo mai qualche nuovo elemento in questo caso?

Grazie al clamoroso fallimento dell'NYPD, forse non lo sapremo mai.

Il dottor Williams guardò fuori dalla finestra per qualche secondo dopo aver finito di leggere l'articolo. Sperò che il detective Mason, o chiunque gli avesse ordinato di interrompere le indagini, avesse ragione. Eppure, i Bloomshield rifiutavano categoricamente di credere che la loro figlia fosse felice e al sicuro a Londra, e questo era sorprendente.

Era d'accordo con quanto aveva scritto il giornalista del New York Post: forse non lo sapremo mai.

CAPITOLO 15, GIOVEDI 3 GENNAIO 2008

La stagione invernale era cominciata in tutto il New England: le temperature erano ampiamente negative, il cielo era diventato bianco, i meteorologi parlavano soltanto di centimetri e metri di neve, su tutta la costa da Washington D.C. al Quebec. New York non era da meno: quando il dottor Williams rientrò a Manhattan dopo le vacanze di Natale, non c'era un solo taxi all'aeroporto di JFK. Per fortuna almeno il treno-navetta dell'aeroporto e le metropolitane funzionavano, e il dottore riuscì ad arrivare a casa e riscaldarsi.

Che cambiamento rispetto alla Florida!

I suoi genitori si erano trasferiti a Sarasota, sulla costa ovest della Florida, qualche anno prima, seguendo l'esempio di alcuni loro amici che, una volta andati in pensione, avevano deciso di lasciare New York per vivere su una spiaggia per il resto delle loro vite. Gli inverni erano molto miti e le estati in qualche modo meno umide che a New York, e passeggiare in spiaggia indossando solo una felpa all'ultimo dell'anno era un autentico piacere. Il dottor Williams e suo fratello Ed avevano passato tutti i loro Natali lì da quando i loro genitori si erano trasferiti: era il modo migliore per entrambi per staccare dal lavoro ed approfittare della famiglia al completo.

Quello era stato il primo Natale per il figlio neonato di Ed e di sua moglie, e il bambino aveva portato in casa un'aria di vita nuova.

Di ritorno in ufficio, il dottor Williams era seduto nel suo studio aspettando che Bradley Hampstead attraversasse la porta d'ingresso, introdotto come al solito dal suo caratteristico bussare leggero. Il dottore non riuscì a dissimulare la sua sorpresa quando vide il suo paziente entrare: indossava un maglione verde brillante, uno di quegli orrendi maglioni di Natale con una renna da cartone animato ed enormi fiocchi di neve.

Bradley Hampstead se ne vergognava abbastanza, ma spiegò che era un regalo di Natale di una delle amiche di sua sorella, e lui le aveva promesso che l'avrebbe indossato almeno una volta alla settimana fino alla fine dell'inverno. Bradley era chiaramente un uomo di parola.

Il lato positivo della vicenda era che le vacanze di Natale avevano avuto una buona influenza non soltanto sull'abbigliamento di Bradley, ma anche sui suoi disegni: aveva portato con sé due fogli quel giorno, e nessuno dei due conteneva il colore nero. Il primo era un ritratto di donna, che indossava lo stesso maglione che Bradley aveva quel giorno, ma in una versione molto più scura. Spiegò che voleva mostrare al dottore la differenza tra il mondo reale ed il modo in cui lo vedeva lui, in cui percepiva la propria vita: c'era ancora così tanta oscurità in lui, così tante ombre. Ma magari le cose potevano cambiare per lui. Il dottor Williams cercò di capire se la ragazza del ritratto poteva essere la stessa che aveva regalato il maglione a Bradley, ma l'artista non ne era sicuro: erano due volti diversi, ma con lo stesso spirito, la stessa luce negli occhi. Bradley disse anche che quella ragazza aveva reso il suo Natale assolutamente unico: nessuno aveva mai osato fargli un regalo come quello. Chissà come, il dottore non ne era sorpreso...

Il dottor Williams aveva avuto molti regali unici da Grace, oggetti e ricordi.

Quell'anno lei gli aveva telefonato il giorno di Natale, direttamente a casa dei suoi genitori a Sarasota: sapeva che sarebbe stato lì. L'aveva sempre chiamato a Natale, da quando era partita, ed era sempre stata molto gentile, la sua voce molto dolce. Faceva sempre attenzione a chiamarlo la mattina, nell'orario migliore, non troppo presto: abitava a Sydney, in Australia, ma si ricordava sempre di calcolare che ora sarebbe stata sulla costa est degli Stati Uniti.

Si era trasferita in Australia quasi quattro anni prima, e il tempo era passato troppo in fretta. Aveva ricevuto un'offerta di lavoro straordinaria, un'opportunità che non poteva rifiutare, e il dottor Williams l'aveva molto incoraggiata: sapeva che lei aveva sempre lavorato durissimo per realizzare i propri sogni, e non avrebbe mai voluto chiederle di rinunciare. Il trasferimento doveva essere temporaneo: sarebbe sbarcata a Sydney per aprire un nuovo ufficio per la sua compagnia, una società di consulenza per la quale lavorava da diversi anni a New York. Dopo un anno, al massimo un anno e mezzo, sarebbe rientrata negli Stati Uniti e si sarebbero sposati: il dottor Williams le aveva chiesto di sposarlo un paio di settimane prima della sua partenza, e si erano ripromessi che si sarebbero sostenuti l'uno con l'altra in quel periodo di lontananza forzata.

I primi sei mesi erano stati durissimi: i suoi ritmi di lavoro erano stati talmente intensi che lei non aveva potuto lasciare Sydney per rientrare a New York; neanche lui aveva potuto volare molto spesso in Australia: i suoi pazienti dipendevano troppo da lui. Si erano visti a Natale a Sydney: erano stati bene, ma troppe cose erano già cambiate. Il volo di ritorno a New York non era stato molto piacevole per il dottor Williams: troppi pensieri, troppe paure. Erano in qualche modo riusciti a tenere insieme i pezzi per un altro anno, e lui si stava preparando per il suo ritorno, il matrimonio e una vita insieme.

Grace non era mai tornata.

Le avevano dato una promozione al lavoro, e le avevano offerto di restare a Sydney per altri due anni. A quel punto, Alexander Williams non era più una priorità per lei, non più o non abbastanza: lui non aveva mai capito cosa fosse esattamente successo ai sentimenti di Grace, se si erano sbiaditi o se non erano mai stati abbastanza forti.

Lei abitava ancora nell'angolo sud-est del mondo: la sua compagnia le aveva recentemente assegnato tutto il business dell'Australia e del sud-est asiatico, che lei gestiva dividendosi tra Singapore e Sydney.

Lui non sapeva se fosse guarito, se l'avesse dimenticata; l'unica cosa che sapeva era che l'aveva amata e che aveva desiderato di passare la sua vita con lei. Non aveva ancora incontrato nessun'altra donna con cui avesse almeno pensato di poter passare il resto della sua vita, nonostante gli sforzi che Andy e Sarah avevano fatto per lui. Sarah gli aveva presentato tutte le amiche single che aveva e che pensava avrebbero potuto piacergli: era uscito con un paio di ragazze, ma non aveva mai sentito quello che aveva provato per Grace. Andy era sempre stato molto più pratico: in qualche occasione aveva trascinato il suo amico in serate per soli maschi, durante le quali un folto gruppo di uomini si spostava tra svariati bar, a volte discoteche, e gli scapoli andavano a caccia di donne. Quelle serate non avevano prodotto assolutamente nessun risultato a lungo termine, ma senz'altro avevano regalato nottate di ampio intrattenimento.

Il secondo disegno della giornata era un panorama di una spiaggia, di notte. Il cielo era uno zaffiro nero con qualche macchia bianca, stelle fredde. C'erano alberi scuri sulla spiaggia, quasi sulla riva del lago o del mare che bagnava la sabbia, non era chiaro di che tipo di acqua si trattasse; la vista era molto selvaggia, indisturbata da occhi o piedi umani. Bradley Hampstead disse che aveva sognato quello stesso posto qualche notte prima, ma non sapeva se fosse un ricordo del passato o una pura creazione della sua mente.

Il dottor Williams pensò che poteva avere molti significati: una volontà di scappare dalla vita di tutti i giorni, una vita che non era completamente giusta per lui, o un desiderio di nascondersi e venire dimenticato. Forse la paura che qualcosa uscisse dalla foresta d'ombra, un pericolo inaspettato. Bradley Hampstead realizzò che non aveva avuto paura durante il suo sogno, ma che aveva provato un senso di pace. Gli era sembrato di aver trovato un posto in cui fermarsi, un angolo tranquillo in cui riposare la mente e il cuore.

Il dottore si ritrovò a sperare che quel posto fosse reale, e che Bradley potesse trovarlo presto, per portare la luce di qualche stella nelle sue notti nere.

CAPITOLO 16, GIOVEDI 17 LUGLIO 2008

Come succede ogni anno, la stagione invernale aveva esaurito la sua forza verso la metà di aprile, ed era stata quasi subito sostituita da una tiepida estate. Luglio era un'esplosione di sole e calore, e i Newyorchesi affollavano Central Park mattina e sera, per lasciare spazio ai turisti durante il giorno.

Il caldo torrido svegliava il dottor Williams molto presto ogni mattina: non lasciava mai l'aria condizionata accesa tutta la notte, neanche a quelle temperature, ed ogni mattina si ritrovava in piedi verso le sei. Era abbastanza faticoso, ma almeno poteva approfittare di quelle mattine per correre con calma al parco; doveva solo cercare di andare a dormire un po' più presto la sera, per esser certo di restare sveglio durante i suoi appuntamenti con i pazienti in studio.

Quella mattina si svegliò anche più presto del solito, talmente presto che la sua copia del New York Times non era ancora arrivata alla porta. Era già stanco, ma decise di fare un giro completo di Central Park: voleva svegliarsi, quindi si concesse tutti i dieci chilometri per cercare di farlo. In realtà quando rientrò a casa era ancora più stanco di prima, ma almeno era sveglio. Recuperò il quotidiano nella casella delle lettere e salì a piedi i tre piani di scale che lo separavano dal suo appartamento, come al solito; non aprì neanche il giornale quando arrivò in casa, ma si lanciò nella doccia il più in fretta possibile. Gli sembrò di riuscire a respirare ancora dopo la doccia, e si concesse qualche altro minuto per prepararsi la colazione e leggere la sua copia del New York Times.

Aprì il giornale con una mano, mentre con l'altra agguantava una fetta di pane tostato. La metà superiore della prima pagina era occupata da un articolo che lesse tutto d'un fiato, il toast alla marmellata di arance sospeso a mezz'aria tra il piatto e la sua faccia, gli occhi due voragini spalancate.

Un Cadavere Emerge Dal Fango Di Central Park
L'Ente Per La Tutela Del Parco Ha Trovato Un Corpo Nel Lago Durante I Lavori Di Ricostruzione

NEW YORK, Giovedì 17 Luglio — La missione era stata denominata "salvataggio ittico", ed era stata resa necessaria dalla recente decisione presa dall'Ente per la Tutela del Parco di iniziare degli ambiziosi lavori di ricostruzione del Lago, il più grande bacino d'acqua del Parco (se si esclude il Reservoir).

Mentre stavano raccogliendo e salvando i pesci, i lavoratori ed i volontari dell'Ente hanno rinvenuto il corpo di una donna: sfortunatamente troppo tardi per cercare di salvarla.

L'obiettivo delle operazioni iniziate dall'Ente per la Tutela del Parco è di rinnovare il Lago, bonificando le insenature limacciose e rimuovendo i sedimenti. In questo caso, le operazioni potevano essere completate soltanto una volta che il lago fosse stato drenato. E tanto è stato fatto la settimana scorsa nella grande insenatura a nordest del Bow Bridge. Una diga portatile è stata costruita attraverso l'imboccatura della baia, e l'acqua è stata pompata fino ad un livello più basso di quello del lago di quasi un metro e mezzo.

Martedì, i lavoratori dell'Ente hanno usato una grande rete a strascico per un primo giro di raccolta che ha prodotto molti pesci. Mercoledì, l'equipe di salvataggio si è messa di nuovo al lavoro, stavolta con delle reti manuali. Un grido improvviso ha interrotto le operazioni: alcuni dei lavoratori si aspettavano una tartaruga, o qualche pesce raro; invece, hanno visto un braccio umano.

Il Dipartimento di Polizia di New York è stato chiamato immediatamente, e gli investigatori sono arrivati in pochi minuti. L'area è stata circondata con del nastro giallo; i poliziotti hanno interrogato le persone presenti sul luogo; il dipartimento per le indagini scientifiche ha iniziato a lavorare sul corpo per estrarlo dal fango.

La polizia non ha confermato altri dettagli: l'unica cosa certa è che il corpo apparteneva ad una donna, e che è rimasto nel Lago per molti mesi. L'NYPD annuncerà una conferenza stampa giovedì o venerdì, a seconda di quando saranno in grado di identificare il corpo. Alcune indiscrezioni sono già trapelate, e le più allarmanti sembrano coinvolgere una nota Newyorchese scomparsa l'anno scorso, che potrebbe quindi aver trovato la morte già all'epoca: Sylvia Fischer.

- Porca vacca! - Il dottor Williams non seppe dire nient'altro. Rilesse l'articolo una seconda volta, e poi una terza e ancora non riusciva a crederci: era veramente Sylvia Fischer? Cosa diavolo le era successo?

C'era solo una cosa da fare: chiamare il detective Mason. Subito. Se quella era davvero Sylvia Fischer, il detective e il dottore avevano commesso un terribile errore credendola a Londra per tutto l'anno passato, ed ora il dottor Williams era più determinato che mai nell'imporre il suo aiuto al detective. Voleva vedere i diari di Sylvia, voleva leggere tutto quello che la polizia aveva raccolto l'anno precedente, e voleva parlare con tutti: se qualcosa era andato storto voleva essere sicuro di poter aiutare il detective a scoprirlo.

Il dottor Williams cercò il numero del detective nella rubrica del telefono, ma per qualche ragione non lo trovò; poi ricordò: tutto era in ufficio, nel raccoglitore di Sylvia Fischer. Si vestì di corsa, volò giù dalle scale e si fermò soltanto in mezzo alla strada, dove fermò il primo taxi. Quando arrivò in ufficio era ancora troppo presto per Martin; il dottor Williams aveva tutto l'ufficio per sé, per cercare di calmarsi e telefonare al detective.

- Pronto - La voce del detective Mason suonava più dura e stressata di quanto il dottor Williams ricordasse; erano passati più di sei mesi dall'ultima volta in cui i due uomini si erano parlati.

- Detective Mason, sono il dottor Williams.

- Buongiorno.

- Detective, è lei? - La sola cosa che voleva sapere.

- Dottore, non posso dirglielo ora, le indagini sono ancora aperte.

- Detective, non mi tratti come un cretino: mi ha passato una montagna di informazioni riservate l'anno scorso, non mi dica che ora non può più.

- Niente cazzate Dottore, non lo so ancora. Dovremmo avere i primi risultati oggi pomeriggio: abbiamo chiamato il marito e i genitori per identificare il corpo, i vestiti e le borse che abbiamo trovato nel fango. Stiamo anche analizzando il DNA del corpo, per confrontarlo con dei campioni che abbiamo prelevato ai genitori e alla figlia: per questo ci vorranno un altro paio di giorni, ma avremo la conferma definitiva.

- Detective, se è veramente lei devo aiutarvi di più: voglio vedere i diari, e voglio parlare con la sua famiglia, tutti.

Il detective sospirò - La capisco Dottore, ma...

- Non glielo sto chiedendo, Detective, glielo sto dicendo: è la cosa migliore da fare. C'è senz'altro qualcosa di più sotto alla superficie, qualcosa che non abbiamo visto prima. Io e lei dobbiamo lavorare insieme.

- Dottore, capisco che lei si senta in colpa ora, perché anche lei era convinto che Sylvia fosse scappata a Londra, ma non eravamo i soli a crederla altrove.

- Ha ragione - Il dottore sapeva come funzionava il cervello umano, e non aveva nessun problema ad analizzare cosa stava succedendo nel suo - Mi sento colpevole. Mi sento che avrei potuto fare di più, e ora voglio farlo. Anche se adesso è troppo tardi per lei, voglio darle giustizia.

- Non si preoccupi, mi sento allo stesso modo: se qualcuno è colpevole, come minimo lo siamo entrambi - Il detective ammise - La richiamo non appena ho la conferma: non può fare niente prima di essere certi che si tratti di lei. Ho ancora un briciolo di speranza, in ogni caso: speriamo che non sia lei.

- Lo spero anche io Detective, lo spero davvero.

- A più tardi - E il detective interruppe la comunicazione.

Il dottor Williams restò in piedi per qualche lungo secondo in mezzo al suo studio, il telefono ancora stretto nella mano tremante, il respiro affannato, lo sguardo lontano fuori dalla finestra: il sole era accecante.

- Va tutto bene Dottore? - Martin era appena arrivato, ed aveva subito capito che qualcosa non andava: non aveva mai visto il dottore in quello stato, persa ogni compostezza.

- Martin, hai letto il New York Times stamattina?

- A dire il vero no: mi sono svegliato tardi e sono corso qui, non ho avuto il tempo di leggere il giornale.

- Tieni - Il dottor Williams prese il quotidiano sulla sua scrivania e lo lanciò a Martin - Leggi il primo articolo.

La telefonata arrivò nel pomeriggio, direttamente sul cellulare del dottor Williams, che per una volta era stato lasciato sul tavolo, dove poteva essere costantemente tenuto sott'occhio.

- Pronto? - Rispose al secondo squillo, dopo essersi scusato con il suo paziente per quella che aveva chiamato un'emergenza assolutamente unica.

- Detective Mason.

Il dottore non riusciva a parlare; fece i pochi passi che lo separavano dalla stanza sul retro, chiuse la porta e si sedette su una vecchia sedia.

- Dottore, abbiamo appena finito l'identificazione con il signor Fischer e i Bloomshield.

È lei.

CAPITOLO 17, MERCOLEDI 23 LUGLIO 2008

Il test del DNA aveva confermato che il corpo ritrovato in Central Park era quello di Sylvia Fischer. Il dottor Williams non sapeva cosa pensare: cos'era andato storto? Sylvia Fischer doveva trasferirsi a Londra con l'unico uomo che avesse mai amato nella sua vita, e invece era finita affogata in un metro d'acqua.

A volte le cose non vanno come vorremmo.

La polizia aveva arrestato Lester Fischer subito dopo che lui e i suoi suoceri avevano identificato il corpo di sua moglie; Sylvia era morta, e il sangue trovato sul fermacarte a forma di Buddha faceva del marito l'unico sospettato. Il signor Fischer professava incessantemente la sua innocenza, ma per il momento la polizia non aveva altre piste. Il detective Mason aveva coinvolto la polizia inglese in un'operazione internazionale di caccia all'uomo per l'amante di Sylvia Fischer, Bob. Alle poche informazioni trovate nei diari di Sylvia era stato aggiunto qualche altro dettaglio che il dottor Williams aveva potuto richiamare alla memoria a partire dalla prima e unica volta in cui la sua paziente gli aveva parlato di Bob.

Non sarebbe stato un lavoro facile per l'investigatore: aveva passato mesi a cercare indizi l'anno precedente, senza molto successo; ora doveva ricominciare da capo, riconsiderare tutte le informazioni che aveva raccolto e costruirsi nuove idee in testa. Sperava che il dottor Williams potesse aiutarlo, quindi aveva convinto il Capo della polizia di New York a coinvolgere ufficialmente lo psicanalista nelle indagini.

Per prima cosa il dottor Williams voleva leggere i diari di Sylvia Fischer, ma l'autorizzazione all'analisi di prove in archivio avrebbe richiesto un altro giorno. Il detective Mason decise allora di andare a parlare con i Bloomshield: voleva capire meglio la loro relazione con la figlia e la loro opinione su Lester Fischer. Il detective e il dottore non erano rimasti stupiti nel trovare la coppia più che disponibile a cooperare:

- Sapevo che era successo qualcosa a mia figlia - Stava dicendo la signora Bloomshield, gli occhi freddi intonati alla voce severa - Lo sapevo, e gliel'ho detto Detective, gliel'ho ripetuto così tante volte e lei non ha mai voluto credermi.

- Signora Bloomshield - Il detective Mason non voleva farla innervosire più del dovuto - Abbiamo seguito tutte le piste che avevamo, ma non siamo riusciti a trovare sua figlia o questo Bob, non avevamo molta scelta...

- Sono sicura che ce l'aveva una scelta - Lo interruppe la signora Bloomshield - Non avrebbe dovuto abbandonarla, avrebbe dovuto continuare a cercarla. E lei Dottore: lei era il suo psicanalista, parlava con lei ogni settimana. Come ha fatto a non accorgersi che c'era qualcosa di strano, che lei non sarebbe mai potuta scappare così, senza dire una parola?

Il dottor Williams sentiva il senso colpa crescere in lui, e cercò di scusarsi, ma il detective glielo impedì con un gesto della mano: - Il dottore non è stato coinvolto nelle indagini l'anno scorso, non ha colpe.

- Allora la colpa è solo sua! Cos'è, troppo orgoglioso per chiedere aiuto all'unica persona che poteva forse sapere qualcosa in più? Incredibile, davvero...

- Valerie - Il signor Bloomshield fermò sua moglie posandole un braccio intorno alle spalle - Quello che è successo a Sylvia è orribile, e vogliamo tutti sapere la verità. Detective, Dottore - Continuò, guardando dritto i due uomini seduti di fronte a lui, sui divani del suo soggiorno - Mia moglie ed io vogliamo aiutarvi: saremo felici di rispondere a qualsiasi domanda.

Il signor Bloomshield guardò sua moglie, che sembrò calmarsi per un momento, in quella che doveva essere una dinamica abituale della coppia: Reginald Bloomshield era un uomo molto calmo, la sola persona in grado di placare il temperamento ardente di sua moglie.

- Mi dispiace molto per quello che è successo alla vostra famiglia - Il detective Mason cercò di ricominciare da zero con lei - E l'intero Dipartimento di Polizia è con me: siamo totalmente concentrati su vostra figlia, per scoprire cosa le sia successo. Potrebbe raccontarci qualcosa di sua figlia, e sul suo rapporto con lei?

La signora Bloomshield fece roteare gli occhi, per raccogliere le poche energie che le restavano: - Sylvia era la nostra unica figlia, quando l'abbiamo avuta eravamo già abbastanza avanti con l'età: è stata il nostro regalo inaspettato. Le abbiamo dato tutto quello che avrebbe potuto desiderare: le migliori scuole, viaggi in Europa per studiare le lingue straniere, la libertà di fare quello che voleva e diventare la persona che voleva essere. Siamo una famiglia fortunata, e abbiamo potuto offrirle tutte le possibilità che avrebbe potuto sognare.

- Pensa che Sylvia fosse felice in gioventù? - Chiese il dottor Williams.

- Certo che lo era: come ho detto, aveva tutto e sapeva che poteva fare qualsiasi cosa. Ed era giovane, ricca e bellissima: cos'altro avrebbe potuto volere?

- E pensa che fosse felice più tardi, negli ultimi anni? - Il detective aveva capito dove il dottore voleva andare a parare con la sua domanda.

I Bloomshield si guardarono l'uno con l'altra, poi Reginald parlò: - Detective, di sicuro sa già che il loro matrimonio non era tra i più felici...

- Lester è un idiota - Valerie interruppe suo marito.

- Valerie! Come stavo dicendo, il loro matrimonio non era sempre facile: Sylvia e Lester sono molto diversi, e lo sapevamo fin dall'inizio. Anche lei lo sapeva, ma aveva deciso di sposarlo lo stesso.

- E secondo lei come mai? Come mai lei lo amava anche se erano così diversi...? - Chiese il dottor Williams.

Valerie guardò fuori dalla finestra di fronte a lei, oltre le spalle del detective e del dottore, pensierosa per qualche lungo secondo: - I suoi primi anni dopo il college erano stati abbastanza instabili, ribelli direi: all'inizio non voleva lavorare, e ha passato un paio d'anni a godersi la vita a Manhattan, tra discoteche, gallerie d'arte, ristoranti... E viaggi: un paio di volte in Sud America e nel Sud-Est Asiatico, di cui diceva di amare la gentilezza disarmante degli abitanti. E poi a un certo punto ha deciso che ne aveva abbastanza di quella vita, e che voleva trovare un lavoro. Ti ricordi Reginald?

- Certo cara, era un Capodanno, un po' di anni fa. Era a pranzo da noi, e mi ha chiesto se potevo trovarle un lavoro alla mia banca. Mi ha molto stupito, ma ha detto che era il suo primo buon proposito per l'anno nuovo: lavorare sodo, diventare indipendente, pagarsi l'affitto ogni mese. Sia mia moglie che io eravamo estasiati, ed un paio di giorni dopo Sylvia ha cominciato il suo primo lavoro.

- Per caso si ricorda che anno era? - Il detective stava scribacchiando sul suo taccuino.

- Mi sembra che fosse il 2000 o il 2001, non sono sicuro ma posso controllare il suo contratto di lavoro: senz'altro c'è la data d'assunzione.

- Grazie signor Bloomshield - Il detective Mason lanciò una rapida occhiata al dottor Williams - E per caso si ricorda anche qualche dettaglio della vita privata di Sylvia in quel periodo? Lester Fischer resta inamovibile nella sua versione: Sylvia sembrava aver recentemente rincontrato un vecchio amante di qualche anno prima, e lei aveva anche detto al dottor Williams che aveva incontrato Bob per la prima volta subito dopo l'università, e che lui se n'era andato alla fine del 2000. Sapete nient'altro di tutta questa storia? Qualche informazione in più ci sarebbe di grande aiuto per trovarlo.

- Certo che sapevo che era innamorata all'epoca; quale madre non saprebbe indovinare se sua figlia è felice o no? - La signora Bloomshield era offesa - Ho cercato di indagare così tante volte, ma lei non ha mai voluto dirmi niente. Continuava a ripetere "Saprai tutto al momento giusto"; penso che volesse essere completamente convinta prima di raccontarci qualcosa, prima di presentarcelo. Ma ad un certo punto le cose hanno iniziato ad incrinarsi: era sempre preoccupata. Quando ha chiesto a mio marito di trovarle un lavoro ho capito che voleva cambiare vita; mi ha detto che voleva concentrarsi su se stessa, e non ha mai più parlato d'amore.

- Posso farle un'altra domanda Valerie? - Chiese il detective Mason, aspettando una risposta positiva da parte della signora Bloomshield prima di proseguire - Se lei sapeva di questo amore perduto di Sylvia, e se il matrimonio con Lester non era mai stato molto stabile, perché ha subito detto che quella di Lester era pura invenzione? Perché non ha voluto credere che Sylvia lo avesse semplicemente lasciato?

- Perché lei non a detto niente a me, a noi, niente di niente: non mi ha detto che voleva andarsene e non ci ha detto che se ne sarebbe andata! E questo non è possibile, non se ne sarebbe mai andata senza dirci addio.

- Non pensa che magari volesse rompere completamente con il passato?

- Ah no Detective, non si permetta di dirmi che mia figlia non voleva più avere a che fare con me! - Valerie Bloomshield si era infiammata di nuovo - Lei mi amava, ci amava moltissimo. Anche se avesse voluto lasciare suo marito e andare al Polo Sud o in qualsiasi altro posto, non l'avrebbe fatto senza dirci niente, senza dirci addio.

- Per questo non abbiamo mai creduto che lei fosse semplicemente andata a Londra - Continuò Reginald Bloomshield - E alla fine avevamo ragione.

- Ma allora perché Sylvia ha raccontato a me, durante una delle nostre sedute, la storia di Bob e di come lei volesse lasciare Lester? - Il dottore chiese a quel punto.

- Dottore, non stiamo dicendo che Sylvia non volesse per niente lasciare suo marito - Rispose Reginald - O che fosse impossibile che lei avesse rincontrato Bob: diciamo solo che, se avesse voluto andarsene, ce ne avrebbe parlato.

- Credo anzi che lei abbia detto a Lester che voleva lasciarlo, prima ancora di dirlo a noi - Continuò Valerie - E che a quel punto lui l'abbia uccisa.

- Perché l'avrebbe uccisa allora? Era violento?

- Detective, ha saputo degli occhi neri che Lester ha fatto a Sylvia, suppongo.

- Certo, ma abbiamo anche saputo dalla cameriera e dalla baby-sitter che nessuna delle due era a casa quando il fatto è successo, quindi non c'è nessuna prova che sia stato Lester a colpire Sylvia. E lui nega ogni responsabilità. Non potrebbe essere stato Bob? Magari lei aveva avuto un ripensamento riguardo alla loro fuga, e lui si è infuriato? O magari la versione di Lester è la verità: lei è inciampata e si è fatta male, tutto da sola. Perché no?

- Perché no, Detective? Prima di tutto perché non mi fido di Lester, e poi perché quand'erano giovani Bob non l'ha mai colpita, non le ha mai torto un capello.

- Valerie, il tempo e la vita possono cambiare un uomo, più di quanto pensiamo. Sylvia che cosa vi ha raccontato dell'incidente?

- Non mi ha raccontato proprio niente, Detective. E per me questo conferma che è stato suo marito a colpirla: Sylvia ha sempre voluto mantenere privati i problemi di coppia. E a lei che cosa ha raccontato dell'incidente?

Il dottor Williams era pensieroso: - Mi ha detto che era stato suo marito...

- Vede? - Valerie Bloomshield gridò, mentre il marito cercava di calmarla.

- Sì, ma non sembrava per niente preoccupata, era sicura che non sarebbe più successo, era completamente rilassata. Le donne vittime di violenza domestica sono raramente così calme: era severamente ferita, ma non sembrava affatto spaventata. Non è per niente comune.

- Va bene, magari si stava davvero preparando a partire, e non le importava più di suo marito - Intervenne il signor Bloomshield: lui e la moglie erano chiaramente d'accordo - Per questo non era preoccupata. E magari proprio per questo non si aspettava un altro attacco violento da parte di lui. E forse proprio per questo è finita così male.

- Che ne pensa Detective?

I due uomini avevano ringraziato i Bloomshield per il loro aiuto ed avevano lasciato il loro appartamento, e stavano ora discutendo all'uscita dell'edificio. Il sole stava svanendo in una torrida sera di luglio.

- Non ne sono sicuro Doc. Vogliono giusto trovare il loro colpevole, per mettersi il cuore in pace e cercare di dimenticare la morte della figlia: il marito è la soluzione più facile, visto che tutti sanno che non erano felici e che lei non lo amava.

- Secondo lei è stato davvero Lester a picchiarla, giusto una settimana prima di ucciderla?

- Non lo so Doc. Penso che se l'avesse veramente picchiata potremmo formulare un'accusa molto più solida. Dobbiamo andare a parlare con lui, e chiedergli ancora cos'ha da dire su quella notte, e ovviamente sulla mattina in cui Sylvia è scomparsa.

- Pensa che sia morta quella mattina?

- Il coroner non può esserne certo: il corpo ha passato quasi un anno immerso in acqua e fango; è già un miracolo che sia i genitori che il marito siano riusciti ad identificarla.

- Andiamo a parlare con Lester Fischer. Non mi è ancora chiaro come si siano incontrati e quando, e perché mai l'abbia sposato se non l'ha mai amato...

Il detective Mason sorrise: - Adesso la porto a casa Dottore, ha avuto una giornata abbastanza lunga. Domani andremo da Lester, la mattina presto, e poi passeremo in dipartimento per dare un'occhiata ad alcuni documenti: fotografie, risultati dell'analisi del corpo, magari i diari se possiamo avere accesso. È pronto?

- Credo di sì, Detective: non sono mai stato in prigione, ma credo che ci passeremo molto meno tempo della gente che ci si trova di solito. Almeno spero.

CAPITOLO 18, GIOVEDI 24 LUGLIO 2008

Il detective Mason si fermò davanti al palazzo del dottor Williams qualche minuto prima delle otto della mattina seguente; il dottore era già pronto davanti all'entrata principale, la giacca in una mano e la ventiquattr'ore nell'altra.

- Che c'è Doc, vuole passare la notte a Rikers Island? - Chiese il detective quando Alexander Williams aprì la porta dell'automobile ed entrò.

- Come?

- Si è portato una valigia, Doc, vuole dormire in galera, tanto per provare?

- No, credo proprio di no. Ho giusto portato qualche appunto delle mie conversazioni con Sylvia Fischer. Vorrei rivederli un po' con lei, giusto per confermare i punti da discutere con Lester Fischer, o sui quali mettergli pressione.

Mentre il detective si allontanava dal marciapiede per infilarsi nel traffico mattutino dell'Ottava Strada, il dottore aprì il primo quaderno di appunti, alla pagina su cui aveva attaccato il primo di una lunga serie di Post-it. Il detective sospirò: lo aspettava una lunga giornata.

- L'anno scorso Sylvia Fischer mi ha raccontato che era stata picchiata domenica 5 agosto, quando il marito era rientrato da uno dei suoi weekend. Penso che dovremmo confermare quanto fossero frequenti questi weekend, con chi andasse e dove, se fosse veramente così libertino come lo dipingeva lei, se fosse davvero violento. Voglio capire cos'è successo quella domenica sera quando lui è rientrato a casa - Il dottore aveva molti post-it nel quaderno - Di cosa hanno parlato e come ha reagito agli insulti di lei. Voglio capire cosa sapeva di Bob, sia riguardo alla prima volta che Sylvia l'aveva incontrato, sia dei più recenti sviluppi.

- Tutto qua? - Il detective chiese con un sogghigno.

- No, vorrei anche sapere che tipo di rapporto Sylvia aveva con i suoi genitori, secondo lui, e specialmente con la loro figlia Rebecca: voglio sapere se Sylvia avrebbe mai potuto dire che sarebbe stata pronta a lasciare sua figlia, che non gliene sarebbe importato. Questo comportamento mi sembra molto strano, specialmente per una persona della sua estrazione sociale. Che ne pensa, Detective?

- Penso che con questo traffico ci vorranno ancora venti minuti per arrivare al Penitenziario di New York City, quindi non si preoccupi e mi dica: so che ha una teoria, sentiamo un po'.

- Non ho una teoria vera e propria, ho molte domande ma non tutte le risposte. Per esempio: perché Lester Fischer ha raccontato a tutti che sua moglie voleva lasciarlo? Se veramente fosse stato lui ad ucciderla, avrebbe dovuto dire che era stata una normale domenica sera, e che il lunedì mattina si era semplicemente alzato per andare al lavoro. Molto più semplice, molto più credibile. Perché insistere su quel dettaglio? Si è praticamente creato un movente per uccidere sua moglie: una mossa non particolarmente intelligente.

- Valerie Bloomshield lo definisce un idiota...

- Lo so Detective, ma credo che sia un po' di parte nel suo giudizio... Inoltre, se l'avesse davvero uccisa, perché fare un tale disastro della sua stanza? E perché non rimetterla perfettamente in ordine? Gli ci sarebbe voluto giusto qualche minuto in più. E poi l'elemento più ovvio, il Buddha: perché era ancora lì, coperto di sangue?

- Fa tutto parte di quello che vogliamo chiedergli oggi, Doc.

- Ma d'altra parte, se non l'ha uccisa lui chi l'ha uccisa? E dov'è questo maledetto Bob?

Avevano attraversato il centro di Manhattan e l'East River, tagliato per il Queens e, prima di rimanere bloccati nel traffico dell'aeroporto di LaGuardia, avevano girato a sinistra verso il ponte di Rikers Island, il penitenziario di New York City. All'ingresso il detective dovette mostrare il suo badge dell'NYPD e i permessi per lasciar entrare il dottor Williams. Una guardia li accompagnò al centro Anna M. Kross dove era detenuto Lester Fischer, uno dei dieci edifici dell'enorme complesso; dopo svariati controlli di sicurezza si trovarono finalmente all'interno.

Il dottor Williams non aveva mai incontrato Lester Fischer prima di quel momento, e l'uomo aveva un aspetto molto diverso dalle foto che erano state pubblicate sui giornali l'anno precedente: rimaneva un uomo imponente, dai capelli neri e la stretta di mano salda, ma il viso era pallido, una collezione di rughe intorno agli occhi, e sembrava aver perso almeno quindici chili. Dovevano essere gli effetti di un anno passato senza sua moglie, più una manciata di giorni in prigione.

- Hey Lester, come come andiamo oggi?

- Detective, ancora lei: che brutta sorpresa. E ha pensato di portarsi un amichetto stavolta? - Lester Fischer sembrava più stanco che spaventato.

- Lo sai, volevo portarti un po' di compagnia, che sicuramente ti piacerà più di me. Ti presento il dottor Alexander Williams, è uno psichiatra...

- Preferisco psicanalista - Precisò il dottore.

- ... È uno psicanalista, e aveva in cura tua moglie.

- Mia moglie? - Lester Fischer non era molto convinto: non sapeva che sua moglie fosse stata in cura da uno psicanalista o uno psichiatra.

- Mi sembri sorpreso, non ti aveva detto un bel niente, eh Lester? - Il detective sogghignò - Vediamo se riesci a stupirci anche tu, magari con una bella confessione firmata.

Il detective era stato molto chiaro in macchina: il dottor Williams poteva essere gentile e comprensivo quanto voleva con Lester Fischer, ma doveva lasciare che il detective Mason facesse il suo gioco, cercando di non sembrare sorpreso, o preoccupato per il sospettato. Ma quello non era esattamente il tipo di gioco psicologico a cui il dottore era abituato a giocare.

- Vorremmo farle alcune domande, signor Fischer - Il dottore parlò per primo - Vorremmo che ci aiutasse a capire cosa sia successo esattamente quella domenica sera, l'ultima volta che ha visto sua moglie, e cosa pensa che sia successo la mattina seguente, quali fatti hanno poi portato alla sua scomparsa.

- Quindi lei fa il poliziotto buono, giusto, quello che fa finta di credere che io sia innocente? E il nostro amico Mason qui è il poliziotto cattivo?

- Non sono un poliziotto, signor Fischer, sono un medico, e tra l'altro credo davvero che lei sia innocente.

Lester Fischer squadrò i due uomini che si ritrovava davanti, e scosse la testa: - Chissenefrega, ho già raccontato tutto alla polizia l'anno scorso, ma sono pronto a ripetere tutta la storia un milione di volte, se mi fate uscire di qui. Di cosa vuole parlare?

- Ci dica cos'è successo quella domenica sera dell'anno scorso, il giorno prima che sua moglie sparisse.

- Va bene. Non so quanto sappiate della nostra relazione, Dottore, ma direi che eravamo più o meno felici - Il dottore non era molto convinto che Sylvia avrebbe descritto allo stesso modo il loro matrimonio - Ovviamente non eravamo più innamorati persi: siamo stati sposati per sei anni, e dicono che l'amore dura sei mesi, quindi eravamo chiaramente usciti da quella fase. Ma secondo me le cose andavano abbastanza bene. Lavoro molto per supportare la mia famiglia, e a volte viaggio per lavoro o devo andare in ufficio anche durante i weekend, ma cerco di essere a casa almeno la domenica sera ogni volta che posso.

- Ci può dire qualcosa di più sui suoi impegni di lavoro nei weekend? - Chiese il dottore.

- Lo sa Dottore, a volte i miei colleghi ed io dobbiamo passare il sabato e la domenica in ufficio o da qualche cliente, o in altri uffici della nostra compagnia. Ad esempio se dobbiamo prepararci per qualche riunione importante durante la settimana, o se dobbiamo finire delle valutazioni per qualche cliente.

- Fammi tradurre - Lo interruppe il detective - Fai finta di lavorare e te ne vai fuori città con i tuoi colleghi, per spassarvela e magari andare a donne. O qualche volta, tanto per cambiare, resti qui a Manhattan, dici a tua moglie che vai in ufficio e ti godi la serata in libera uscita, con qualche ballerina e qualche spogliarellista...?

- Oh piantala Mason - Fischer era disgustato - Il lavoro è lavoro. E magari la sera usciamo per un drink, e magari ci capita di parlare con delle ragazze, ma nei sei anni in cui sono stato sposato con Sylvia le sono stato infedele molto raramente. Una volta ogni tanto poteva capitare, ma niente di più.

- Signor Fischer - Il dottor Williams cercava di riportare un po' di equilibrio nella conversazione - Sua moglie mi ha raccontato tante storie sul suo conto, che lei vedeva delle prostitute e che non era mai a casa, e non si occupava mai di sua figlia. Perché crede che lei mi abbia raccontato tutto ciò?

- È lei il dottore, non io. Ma Sylvia è sempre stata molto gelosa, ha sempre pensato che la tradissi, ogni volta che tornavo tardi dal lavoro, ogni weekend in cui dovevo partire o dovevo andare in ufficio. Diceva sempre che la gente ti vede: qualsiasi cosa tu faccia, ovunque tu vada, la gente ti vede. Diceva che i suoi amici e tutta la gente che conosceva e vedeva, agli eventi o alle serate di beneficenza, la rispettavano e la tenevano in grande considerazione, ma il suo valore diminuiva ogni volta che io venivo visto fare qualcosa di inappropriato. Ma che diavolo, se anche facessi qualcosa di inappropriato non lo farei in pubblico! Ma non si è mai fidata di me, almeno non negli ultimi due, tre anni che abbiamo passato insieme. Per questo cerco sempre di essere a casa la domenica sera, per quanto possibile: è lì che ci ritroviamo come una famiglia.

Sylvia adora, beh adorava, le cene di famiglia alla domenica sera, con Rebecca seduta a tavola con noi, anche se era ancora troppo piccola per godersi una cena vera e propria. Sylvia voleva che fossimo una famiglia, almeno un giorno alla settimana. Le ho sempre detto che eravamo davvero una famiglia, ma non se ne è mai convinta.

- Secondo lei perché non vi ha mai visti come una vera famiglia, lei e Rebecca? - Il dottore voleva saperne di più.

- Penso che si aspettasse qualcosa di diverso.

- Come un marito che non la tradisse? - Chiese il detective Mason con una strizzatina d'occhio.

- Anche lei si aspettava la stessa cosa? Una moglie che non le mettesse le corna? - I nervi di Lester Fischer stavano per cedere alla rabbia. Il dottor Williams sperò fortemente che i due non si mettessero le mani al collo: gli piaceva sempre una bella rissa nei film d'azione, ma non si era particolarmente goduto l'unica volta in cui era stato attaccato e derubato, e aveva dovuto difendersi a pugni per non farsi picchiare ancora più forte - Non parli di cose che non conosce, Detective. No, quando Sylvia ed io ci siamo sposati eravamo molto giovani, e tutto era facile: lavoravamo, spendevamo quello che volevamo, lei faceva le sue opere di beneficenza e i suoi eventi. Poi è rimasta incinta, e tutto ha incominciato ad incrinarsi: stava sempre male e ha dovuto passare gli ultimi mesi della gravidanza a letto. Non si stava per niente godendo quello che molte sue amiche le avevano detto sarebbe stato il periodo più bello della sua vita, il più felice ed il più completo. E il parto è stato ancora più traumatico: le contrazioni sono andate avanti per quasi due giorni, ed era già stremata quando è entrata in sala parto. Ha perso così tanto sangue.

Lester Fischer sospirò e prese fiato, prima di continuare: - E Rebecca ha avuto delle complicazioni: quando è nata le hanno trovato una malformazione al cuore, e hanno dovuto operarla immediatamente, per poi tenerla in ospedale per un paio di mesi, finché non si fosse stabilizzata. Rebecca ha poi sempre avuto bisogno di cure particolari, e Sylvia ha deciso di non rientrare più al lavoro, per prendersi cura di nostra figlia. Ma l'ha fatto giusto per senso del dovere: anche se Rebecca non aveva nessuna colpa, Sylvia non poteva perdonarle di averle cambiato così tanto la vita, e non è mai stata sicura di poterla amare come qualsiasi altra madre avrebbe amato una figlia. Sa quella luce unica al mondo che una madre e un figlio hanno negli occhi quando si guardano? Sylvia e Rebecca non l'hanno mai avuta.

"Questo può spiegare il senso di famiglia incompiuta" pensò il dottore, e decise di chiedere al signor Fischer qualche altro dettaglio: - Per caso quell'ultima domenica sera ha avuto qualcosa di diverso dal solito?

- No, non subito almeno. Sylvia aveva perfino organizzato una cena speciale; aveva personalmente scelto il menu con il nostro cuoco, o almeno così aveva detto, per fargli preparare tutti i miei piatti preferiti. Aveva anche mandato a casa presto tutto il personale, il cuoco, la cameriera e la tata, per avere un po' di privacy in famiglia. La serata è stata veramente piacevole, e anche Sylvia. Poi al dessert ha sganciato la bomba.

- Aveva avuto sentore che stesse per accadere qualcosa?

- Per niente. Come ho detto la cena è stata addirittura più gradevole del solito, e lei sembrava perfino un po' più felice e rilassata del solito, se proprio devo trovare qualcosa di diverso.

- Quindi cosa le ha detto al dessert? - Era il punto cruciale, quello che più interessava il dottore.

- Mi ha fatto un bel sorriso, e mi ha detto: "Me ne vado, Lester."

Al che ho risposto: "Bello, vai in vacanza da qualche parte? Dove vuoi andare?"

"No Lester, me ne vado, ti lascio."

Non ci potevo credere: "Cosa?" ho chiesto, "Cosa hai detto?"

"Ho detto che ti lascio, vi lascio, te e Rebecca, per essere precisa. Me ne vado, me ne vado a Londra." Cristo era così calma, la sua espressione immobile. "Me ne vado a Londra per raggiungere l'unico uomo che io abbia mai amato nella mia vita, e che ovviamente non sei tu."

"Di che stai parlando tesoro, ti senti male? Che succede?" davvero non capivo.

- Sì lo sappiamo che sei un idiota Lester, tua suocera ce lo ha detto molto chiaramente - Il detective Mason non riuscì a tenere la bocca chiusa.

Lester Fischer gli mostrò il dito medio: - Sto parlando con il Dottore qui, stai zitto stronzo. Quindi Dottore, a quel punto Sylvia ha cominciato a raccontarmi la storia di quest'uomo che conosceva anni fa, che ad un certo punto ha preso e se ne è andato a Londra per lavoro, e ora era tornato negli Stati Uniti per riprendersela e portarsela a Londra con lui. Ho pensato che fosse impazzita.

"Non sono pazza, Lester, mi sento benissimo. Ho preso la mia decisione, e il mio volo parte domani mattina. Devo solo finire le valigie e dire addio a Rebecca domattina: so che ti prenderai cura di lei" mi ha risposto lei, e si è alzata da tavola, pronta a lasciare la sala da pranzo.

"Aspetta" le ho detto allora, "Non puoi lasciarmi così: siamo sposati!"

"I miei avvocati se ne occuperanno: sarai libero dal tuo vincolo matrimoniale, non preoccuparti caro. E sarai finalmente libero di andare a letto con tutte le donne di Manhattan."

"Sei pazza? Non voglio andare a letto con nessun altro! Ti amo, siamo sposati, non ti ho mai tradita!", capisce Dottore, una piccola bugia per cercare di non farla partire.

"Come ho detto, non sono pazza, so esattamente cosa voglio fare, e lo sto facendo."

A quel punto era praticamente uscita dalla sala da pranzo, quindi ho dovuto alzare la voce, e mi sono alzato per seguirla: "Sylvia, se te ne vai non potrai mai più tornare indietro, non ti lascerò mai più vedere Rebecca, non ci vedrai mai più!"

"È esattamente quello che succederà" ha detto alla fine, ha sorriso tranquilla, ed è andata nella sua stanza.

Non ho osato seguirla, Dottore, non so perché ma mi ha spaventato, sembrava completamente fuori di testa. L'ho lasciata andare a dormire.

- Certo che eri spaventato, Lester - Il detective si alzò per avvicinarsi a Lester Fischer - Tanto spaventato quanto quell'altra volta, quando l'hai presa a pugni in faccia, vero, una settimana prima che lei sparisse?

- Gliel'ho già detto, dannazione! Non l'ho toccata, non le avrei mai fatto del male. Mai. Sono rientrato a casa una sera e lei era lì, con gli occhi pesti. Cristo, Dottore, deve credermi, ero così preoccupato! E mi sono preoccupato ancora di più quando mi ha detto che era inciampata: voglio dire, quanto deve essere sfortunata una persona per inciampare, cadere, e farsi male agli occhi? Ad entrambi gli occhi? Sembrava che stesse nascondendo qualcosa, e ora sono sicuro che stava coprendo quell'uomo: come si chiama?

- Bob, lo chiama Bob nei suoi diari - Rispose il dottore - Ne aveva mai sentito parlare, prima di quella domenica sera?

- No, non ne sapevo niente allora, e sembra che voi deficienti della polizia non ne abbiate ancora la più pallida idea oggi, eh signor Detective? Non ne aveva mai parlato prima, credo che la loro storia fosse iniziata e completamente finita prima che noi ci incontrassimo.

- Quando ha conosciuto Sylvia, signor Fischer?

- Eravamo colleghi all'inizio: è stata assunta dalla banca per la quale lavoravo, e dove suo padre era VP al tempo. Grand'uomo, grand'uomo suo padre. Peccato che sua moglie sia insopportabile. Donna molto forte, la madre di Sylvia, molto severa: diceva sempre che Sylvia aveva tutto, che lei le aveva dato tutto, che faceva tutto per lei. Ma in cambio Valerie non accettava altro che la più completa perfezione da Sylvia: seguire il cammino della perfezione non è mai facile.

- Che ne pensa, Doc? - Il detective chiese al dottor Williams, una volta ritornati alla macchina.

- Ho ancora più domande adesso! Sylvia non mi aveva mai raccontato nulla di sua figlia, anche se la sua nascita sembra essere stata un momento cruciale nella sua vita. E perché era così convinta che Lester la tradisse in continuazione? Non credo che lui ci abbia mentito.

- Neanche io lo credo: ha ammesso senza problemi le infedeltà occasionali, ne avrebbe ammesse di più se ce ne fossero state - Confermò il detective.

- Esatto, e non mi sembra proprio che lui abbia un profilo violento. La storia degli occhi neri non mi torna ancora: cos'è successo quella sera? Chi ha picchiato Sylvia soltanto una settimana prima della sua scomparsa? E Lester Fischer sembra inamovibile: quel lunedì mattina, il giorno dopo aver sentito da Sylvia che lei l'avrebbe lasciato, lui ha bussato alla sua porta, non ha ricevuto risposta ed è uscito per andare al lavoro. Cos'è successo in quella stanza?

- Dobbiamo trovare Bob, Doc, è l'unica persona che forse può darci una risposta.

- Sono d'accordo. E voglio parlare ancora con Valerie Bloomshield: sono sicuro che sa più di quanto pensiamo.

CAPITOLO 19, GIOVEDI 24 LUGLIO 2008

Il dottor Williams e il detective Mason percorsero un dedalo di viali ed incroci per tornare a Manhattan, e poi scesero fino al Primo Distretto, a SoHo, dove l'investigatore aveva il suo ufficio.

Avevano passato la loro mezz'ora in macchina a parlare di Lester e Sylvia Fischer, e il dottore non vedeva l'ora di leggere i diari della sua paziente, a partire dal racconto dell'incontro con il suo amante perduto. Il detective Mason fornì al dottore una stanza e una tazza di caffè, e gli mise in mano una scatola di plastica che conteneva tutti i diari di Sylvia, dal più recente che era stato trovato nel cassetto della sua scrivania, fino ai più vecchi che lei conservava invece nell'armadio.

"*Sabato, 14 luglio 2007*

Liberté égalité fraternité: i francesi hanno fatto la rivoluzione per i giusti ideali, peccato che oggi sia solo un'altra scusa per noi americani per fare festa e bere birra. Ma senz'altro festeggiano in maniera molto più appropriata a Parigi.

(...)

Gli Hamptons sono ancora più spiacevoli di quanto mi ricordassi, ma almeno la villa è magnifica, e il cuoco spreme le arance per colazione. Ci sono anche stati i fuochi d'artificio stasera: rossi, blu e bianchi, in onore della bandiera francese. O della nostra, per quello che conta: troviamo sempre il modo per metterci al centro dell'attenzione. "

"Lunedì, 16 luglio 2007

Un po' di gente è partita stamattina, per tornare al lavoro, ma a me piace qui, e Barbara ha insistito così tanto che credo che resterò ancora qualche giorno. Mi piace passeggiare sulla spiaggia con lei, siamo simili: lei non parla se non ha niente di intelligente da dire. Un'abitudine talmente rara e preziosa. E come risultato non parla molto.

(...)

Volevo camminare un po' di più oggi pomeriggio, così ho accompagnato il cuoco al mercato: dice che per qualche ragione incomprensibile il pesce migliore arriva sempre al lunedì alle 5. Non mi ha spiegato bene perché, ma ha accennato qualche congiuntura unica che coinvolge le maree, le barche dei pescatori e le spigole, e non ho osato chiedere di più. L'ho seguito. "

Lo spirito di Sylvia Fischer traspirava dal diario; il dottor Williams poteva vederla nel suo ufficio, che fumava una sigaretta e parlava delle sue giornate, della sua vita, con lo stesso tono sarcastico.

Il dottore continuò a leggere per qualche pagina, prima di arrivare alla data che gli interessava di più.

"Domenica, 22 luglio 2007

Non dimenticherò mai quel giorno finché avrò vita!

Non dimenticherò mai i tuoi occhi, il tuo sorriso, il tuo profumo... Ho aspettato così tanto che tu tornassi da me e mi portassi via con te: ti seguirei ovunque, la vita non ha senso senza di te, ora che ti ho ritrovato!

È incredibile come ci siamo riconosciuti immediatamente: uno sguardo ed era fatta, troppo tardi per scappare!

Ah i giorni che abbiamo passato insieme: passeggiare sulla spiaggia, cenare al porto al tramonto, fluttuare nell'oceano, intoccabili, lontani dal mondo. E le notti... non mi ricordavo cosa volesse dire essere amata.

A volte mi sembra giusto un minuto fa, a volte mi sembra un mese, ma ci siamo rincontrati solo qualche giorno fa - cos'era? Mercoledì? Mi sembra che fosse mercoledì. Ero lì, aspettavo l'autobus per tornare a casa, per tornare dal mio stupido noioso marito e alla mia stupida noiosa vita, e sei arrivato tu! Come un cavaliere su un cavallo bianco, e mi hai salvata come ogni principessa meriterebbe di essere salvata: ti sei seduto accanto a me, mi hai guardata... e non mi ricordo neanche cosa mi hai detto! Era troppo per me, non riuscivo a respirare! Ma mi hai preso la mano ed è stato subito come se non fosse passato neanche un giorno, e ci siamo dimenticati di tutto e di tutti. Le giornate sono passate così in fretta; il mio cuore è ancora pieno di ricordi, le mie orecchie piene delle tue risate, i miei occhi ancora annegati nei tuoi, verdi come il mare più profondo. Sono stata prigioniera così a lungo: ho vissuto una vita da marionetta, qualcun altro mi muoveva e mi faceva parlare.

Ma ora sono libera, e ti seguirò ovunque, dal Polo Nord al Polo Sud, non mi interessa. Non mi interessa più di niente: sei tu la sola cosa che conta nella mia vita, sei sempre stato tu. Sono stata stupida io a dimenticare. "

Il dottor Williams era confuso: dov'era Sylvia Fischer in quella pagina? Quella non era la donna che lui conosceva, la donna che era sempre razionale e sarcastica. Era davvero possibile che quell'amore ritrovato l'avesse cambiata a tal punto? La sua infelicità con il marito doveva essere stata ancora più profonda di quanto lei avesse voluto ammettere a chiunque, compresa se stessa.

Volle saltare ad un'altra data:

"Domenica, 5 agosto 2007

Non ho neanche paura. O magari sì. Forse dovrei. Forse? Non so.

Non mi aspettavo questa reazione da lui, non era mai stato violento, ma forse non si conosce mai completamente un uomo: nascondono sempre qualcosa, qualche sentimento represso, qualche emozione che non vogliono mostrare a nessuno. Dev'essere così. Non gli ho neanche detto niente di così offensivo, solo cosa penso veramente di lui: è un asino grasso e stupido, e lo odio, e odio il modo in cui mi parla e mi guarda, specialmente quando torna dai suoi viaggi di lavoro. Viaggi di lavoro! Viaggi di lavoro! Che battuta! Non sono una vacca stupida come le sue amanti, lo so che va a letto con la metà delle donne di Manhattan, ma non mi interessa. Non mi interessa a patto che nessuno lo veda: non voglio che il mio nome sia infangato, che la mia famiglia sia insultata.

Non so cosa mi sia preso stasera, ho sentito che dovevo dirgli tutto, e l'ho fatto, gli ho detto tutto. Non l'ha presa bene. Oh mi ha presa a pugni così forte! Mi ha fatto così male! E sono caduta, come un sacco di patate. Ho sempre pensato che mi sarei potuta difendere, ma evidentemente non sono abbastanza forte. Non sono abbastanza forte.

Ma Bob, farei tutto per te! Sarò forte per te!"

Il dottor Williams si aspettava di trovare nel diario quella versione degli eventi: in fondo era la stessa storia che Sylvia Fischer gli aveva raccontato l'ultima volta in cui si erano visti. Il dottore prese un appunto mentale per il detective Mason: cos'aveva raccontato la cameriera a proposito di quell'episodio? Valeva la pena di parlarle ancora?

Dov'era la verità? Senz'altro là fuori, da qualche parte, ancora nascosta.

CAPITOLO 20, GIOVEDI 24 LUGLIO 2008

- È pronto per pranzo, Doc?

Erano già passate le due del pomeriggio: il dottor Williams era decisamente pronto per mangiare qualcosa.

- Pago io oggi: non sarà molto contento di aver mangiato quando le mostrerò le foto del corpo di Sylvia Fischer, ma almeno non avrà sprecato i sui soldi - Disse il detective con una smorfia.

- Sono un medico: non mi lascio impressionare dal sangue o da un corpo.

- Sto solo cercando di prepararla, non di spaventarla. E glielo prometto: un corpo che ha passato quasi un anno sommerso in due metri di acqua e fango non assomiglia per niente ad una persona su un tavolo operatorio. Non dica che non l'ho avvertita.

- Le faccio vedere le foto della stanza, per prima cosa: andiamoci piano sul suo stomaco, e manteniamo anche una qualche successione cronologica.

Il detective e il dottore si erano installati nella stessa stanza dove il dottor Williams aveva già passato qualche ora con i diari di Sylvia Fischer. Il detective Mason aveva aperto il primo dei due spessi faldoni che contenevano tutte le foto del caso.

- Si ricorderà di alcune di queste foto dall'anno scorso, quando sono passato nel suo ufficio per mostrargliele - Continuò il detective, stendendo le prime foto sul tavolo - Ma cerchi di guardarle come se fosse la prima volta: magari riusciamo a trovare qualcosa che ci era sfuggito allora.

Il dottor Williams non aveva pensato a quella stanza per molto tempo, ma non si era dimenticato di come tutto sembrasse orchestrato: qualcuno aveva cercato di ridurre il caos nella stanza da letto, raccogliendo gli abiti ed i libri, ed ammucchiando sotto alla scrivania tutto quello che una volta era stato appoggiato sul tavolo di legno chiaro. Incluso il fermacarte a forma di Buddha. Il dottore lo cercò nelle foto: quando la polizia l'aveva trovato giaceva sul dorso, semi-coperto da un foglio di carta. C'erano macchie di sangue in alcuni punti: la base, le gambe incrociate e le mani giunte in preghiera. Il dottore cercò qualche foto dove il Buddha fosse in primo piano: non c'era sangue sulla testa della scultura, sembrava quello il punto dal quale l'aveva afferrato la mano che aveva colpito Sylvia.

- Non c'è così tanto sangue qui - Il dottore rifletté ad un tratto.

- Sul Buddha?

- Specialmente sul Buddha, ma in generale nella stanza. Se fosse stata colpita sulla testa, per esempio, e fosse morta, non dovrebbe esserci molto più sangue dappertutto?

- Non necessariamente, Doc: potrebbe averla colpita abbastanza forte da farle perdere conoscenza, ma non abbastanza da ucciderla sul colpo, e lei potrebbe non aver perduto così tanto sangue. E poi l'ha infilata in una valigia, credendo che fosse morta, e l'ha buttata nel lago, dove è rimasta fino a qualche giorno fa.

- Come ha fatto a trascinarla fino all'ingresso dell'edificio e uscire senza essere visto dal portiere, o da nessun altro? - Chiese il dottore - E poi come l'ha portata al lago? Sappiamo che la sua auto aveva dei problemi meccanici quella mattina.

- Facciamo l'ipotesi che lui l'abbia in effetti messa in una valigia - Il detective voleva ragionare con il dottore, e ripercorrere quella stessa linea di pensieri lungo la quale aveva già camminato infinite volte la settimana precedente - E che abbia lasciato il palazzo la mattina presto, magari aspettando che il portiere andasse in bagno o a fumarsi una sigaretta all'esterno. A quel punto doveva solo cercare un taxi, andare al parco, trascinarsi la valigia fino al lago e gettarla in acqua.

- E doveva anche essersi ricordato di prendere la sua borsetta, perché anche quella è scomparsa con lei - Aggiunse il dottore.

- Esatto, e un po' di vestiti da mettere nella valigia, una volta che il corpo fosse stato pronto per essere gettato nel lago, per completare la finta fuga.

- Ha ragione. Quindi l'uomo avrebbe dovuto lasciare l'edifico con una valigia da cinquanta chili, contenente sua moglie, e un qualche altro sacco con la sua borsetta e dei vestiti. Mi sembra un po' pesante...

- Lo è stato senz'altro, ma Fischer è un uomo imponente, e andava in palestra ogni giorno prima che sua moglie sparisse: pesava più di cento chili, non dimentichiamolo.

- Va bene, allora Lester Fischer lascia il parco dopo aver gettato nel lago tutto quello che doveva gettare, e butta da qualche parte il sacco che conteneva i vestiti e la borsetta (questo passaggio è il più facile: gli basta giusto un cestino per sbarazzarsi del sacco, se stiamo parlando per esempio di un grosso sacchetto di plastica). Poi prende un altro taxi e rientra a casa. E ancora una volta, è talmente fortunato da non farsi vedere dal portiere.

Il detective scrollò le spalle: - I portieri non sono quello che chiamerei un esempio di dedizione al lavoro.

- Ha trovato degli indizi per confermare tutto questo, Detective? - Il dottor Williams stava pensando al suo portiere Harold: nessuno avrebbe potuto attraversare la porta d'ingresso due volte senza farsi notare...

- Per cominciare, non c'era nessuno nell'appartamento quando i fatti sono successi, quindi Lester non ha alibi. Inoltre, alcuni vestiti che abbiamo trovato nella valigia hanno ancora delle tracce di sangue. Queste maledette Samsonite sono davvero ermetiche! In ogni caso, questo conferma che Sylvia è stata colpita, ha perso un po' di sangue, qualcuno ha raccolto i vestiti che si erano macchiati e li ha infilati nella valigia. Non avrebbe potuto essere nessun altro, Doc.

Il dottor Williams non stava ascoltando il detective, aveva altro in mente: - Aspetti un secondo Mason, e se il killer non fosse uscito dalla porta principale, ma dal retro? Mi ricordo che c'è una porta nel locale pattumiera, che conduce alla corte sul retro, giusto?

- Giusto, ma non c'è uscita all'esterno da lì.

- È sicuro Detective? A volte quei giardini sul retro sono condivisi tra due palazzi, e magari c'è un'uscita attraverso l'altro palazzo.

- In effetti c'è un altro palazzo sull'altro lato della corte sul retro, ma non c'è nessun passaggio tra i due edifici, abbiamo controllato l'anno scorso: la rete è troppo alta per essere scavalcata, e non c'è apertura.

- Per quanto ne sappiamo: dobbiamo verificare con i portieri, magari uno di loro lo sa. E questo potrebbe spiegare come qualcuno avrebbe potuto lasciare il palazzo e poi rientrare senza essere visto. Per caso sappiamo se l'altro palazzo ha un portiere?

Il detective corse fuori dalla stanza e rientrò dopo qualche secondo: - I miei ragazzi stanno verificando - Disse con un ghigno - Mi piace il suo modo di pensare, Doc: se le sue ipotesi sono vere abbiamo più indizi contro Lester.

- Contro Lester? - Il dottor Williams non ne era così convinto - Non sappiamo se sia stato Lester: magari qualcun altro poteva avere la chiave di questa ipotetica porta sul retro, per esempio Bob. Magari non abbiamo i tempi giusti: magari Bob non era ancora partito per Londra, ed è arrivato a casa dei Fischer poco dopo che Lester era uscito per andare al lavoro, e prima che arrivassero la cameriera e la bambinaia. E poi deve essere successo qualcosa: magari Sylvia aveva cambiato idea e non voleva più partire con lui, o magari lui ci aveva ripensato. C'è stato un qualche scontro, e lui l'ha inavvertitamente ferita. A quel punto si è fatto prendere dal panico: ha dovuto pensare che fosse morta e ha deciso di sbarazzarsi del corpo; quindi l'ha messa nella valigia e ha preso la sua borsetta e qualche vestito per convincere tutti che lei avesse semplicemente lasciato suo marito. Ma non aveva molto tempo prima dell'arrivo della cameriera, e non ha fatto in tempo a rimettere completamente a posto la stanza da letto. E ha dimenticato il Buddha.

- È sempre convinto che non sia stato Lester?

- Non posso farci niente: i conti non mi tornano. Perché avrebbe detto alla polizia che sua moglie voleva lasciarlo? Lo so, lei non crede che Lester sia troppo intelligente, e in qualche modo sono d'accordo con lei: senz'altro non è abbastanza sveglio da usarlo consapevolmente come una prova d'innocenza, dicendo "Sono talmente innocente che ammetto perfino che mia moglie voleva lasciarmi". Ma non credo che sia abbastanza stupido da non rendersi conto che questo gli fornisce un movente perfetto per ucciderla, e che avrebbe fatto meglio a non dirlo alla polizia.

- Wow lei è veramente uno psico-coso, Doc - Esclamò il detective con gli occhi spalancati.

- Grazie Detective - Il dottore rispose con un cenno della testa - E altri due punti. Primo: perché non ha pulito la stanza? Aveva tutto il tempo che voleva! Fischer è uscito verso le 7:30 quella mattina, credo, e sapeva che la cameriera e la tata sarebbero arrivate solo verso le 8:30, quindi perché non ha usato quell'ora per riordinare il tutto? Secondo: perché non ha cercato il Buddha? È l'unica cosa che può attivamente incriminarlo, perché è macchiato del sangue di Sylvia, e lui è la sola persona che era certamente in casa prima delle 8:30, a parte sua moglie. Non ha nessun senso!

- Si dimentica dell'adrenalina, Doc: nessuno può essere completamente razionale dopo lo shock di aver ucciso la propria moglie.

- Vuole vedere il corpo ora? - Il detective Mason domandò al dottore.

Avevano sfogliato tutte le foto dell'area che circondava il Lago di Central Park, ma i lavori dell'Ente per la Tutela del Parco avevano distrutto ogni indizio che avrebbe potuto trovarsi ancora nella zona un anno dopo la morte di Sylvia Fischer. Avevano guardato le foto della valigia e della borsetta, degli oggetti nella borsetta, dei vestiti nella valigia, del sangue sui vestiti. Il dottor Williams non si sentiva molto utile: non c'era niente che gli saltasse agli occhi strillando "Sono la prova che stavate cercando! Sono qui!".

Il dottore voleva sapere di più riguardo alle chiavi che erano state ritrovate nella borsetta di Sylvia: il detective aveva detto che il processo per ripulirle dalla ruggine e dalla sporcizia accumulate nell'ultimo anno sarebbe stato abbastanza lungo, per limitare il rischio di danneggiarle, ma che sarebbe stato completato sperabilmente la settimana successiva. Il detective sarebbe allora ritornato all'appartamento dei Fischer per provare le chiavi e scoprire se ce ne fosse qualcuna che non apriva nessuna porta nell'edificio: magari avrebbe potuto trovare qualche nuovo indizio.

- Diciamo che sono pronto, per quanto potrei mai esserlo - Rispose il dottore, e il detective Mason aprì l'ultima busta: le fotografie del corpo di Sylvia.

Non aveva più l'aspetto di una persona. Il dottor Williams si chiese come la sua famiglia avesse potuto identificarla; magari avevano riconosciuto i vestiti e le sue cose, piuttosto che il corpo. Non poteva guardare quelle foto troppo a lungo. Il detective aveva ragione: non aveva più l'aspetto di una persona.

- Come si sente, Doc?

- Sto bene. Avete potuto stabilire se sia morta in acqua o se fosse già morta prima? - Il dottore chiese alla fine, distogliendo lo sguardo dalle foto.

- No, è passato troppo tempo: i polmoni erano comunque pieni d'acqua. Vorrei chiederle qualcosa in ogni caso, se le va - Il detective mostrò un'altra foto al dottor Williams, una catenina fine con un ciondolo a forma di chiave - Ha mai notato questa collana al collo di Sylvia?

Il dottor Williams fu felice di concentrarsi su un'immagine che non contenesse un cadavere.

- Non saprei, Detective, non mi ricordo di averla vista, ma ci sono talmente tante cose di cui non ho nessun ricordo, e che sono successe molto meno di un anno fa. Perché me lo chiede?

- Perché sia Lester che i genitori di Sylvia giurano di non averla mai vista, quindi magari è un regalo di Bob. Stiamo cercando di capire dove e quando è stata comprata: magari siamo fortunati e riusciamo finalmente a trovare il bastardo.

- Niente di nuovo da Londra?

- Niente di niente - Rispose il detective - I poliziotti inglesi hanno finalmente deciso di fare il loro lavoro, ora che parliamo di omicidio e non più di semplice sparizione, ma non hanno ancora trovato niente o nessuno.

- Questa resta ancora la mia prima domanda: dov'è Bob? E dov'è stato tutto quest'ultimo anno, visto che molto probabilmente Sylvia era morta fin dall'inizio?

CAPITOLO 21, MERCOLEDI 30 LUGLIO 2008

- Dottor Williams!

Martin si stupì nel vedere il dottore in studio quella mattina, dopo una settimana di assenza.

- Buongiorno Martin, come stai?

- Io bene, ma lei Dottore? Non mi aspettavo di vederla qui: abbiamo il primo paziente solo domani mattina.

- Lo so, volevo giusto passare a vedere se andava tutto bene.

- Credo proprio di sì - Martin aprì l'agenda e cominciò a sfogliare le ultime pagine, che contenevano qualche appunto sparso - La maggior parte dei suoi pazienti erano abbastanza contrariati la settimana scorsa, quando li ho chiamati per cancellare i loro appuntamenti settimanali, ma nessuno si è lamentato troppo. Ho anche detto a tutti che lei era stato invitato ad una prestigiosa serie di conferenze in Europa, e quasi tutti si sono subito sentiti molto orgogliosi di lei, e anche un po' di loro stessi, per essere suoi pazienti. Naturalmente non ho detto a nessuno la vera ragione della sua assenza.

Martin abbassò la voce, anche se non c'era nessun altro nella stanza, e si avvicinò al dottore: - Come vanno le indagini? Può dirmi qualcosa o è tutto top secret?

- Sfortunatamente non c'è molto che io possa dirti, Martin: la signora Fischer è morta, come sappiamo, e la polizia ed io stiamo ancora cercando di capire cosa sia successo.

- Non è stato il marito?

- Non so, sinceramente non credo. L'unico problema è che non c'è nessun altro sospetto per ora. E non riusciamo ancora a trovare l'uomo per il quale lei avrebbe dovuto lasciare suo marito.

- Questa storia è così triste, Dottore: cercava l'amore, e ha trovato la morte.

- Hai ragione, è una storia straziante. In ogni caso, hai dei messaggi per me, della posta?

- Nessun messaggio, una cartolina - Martin la passò al dottor Williams. Era una foto di una giovane coppia che camminava sulla spiaggia, una bella ragazza mora ed una giovane biondo, per mano e sorridenti. Le parole "Grazie da Julia e Charles" erano scritte sulla sabbia. Il dottor Williams si rigirò la cartolina tra le mani, e lesse ad alta voce:

- "Grazie per il magnifico regalo di nozze, grazie di cuore! E grazie per essere stato il mio dottore in tutti questi anni, per avermi aiutato a capire cosa sia veramente la felicità: essere sicuri che tutte le persone che amiamo abbiano un futuro radioso davanti a loro", firmato Julia e Thomas Sommersville. Sono davvero contento che il matrimonio di sua figlia sia stato un giorno così meraviglioso per il signor Sommersville: si merita la sua felicità.

- Sono d'accordo: è proprio un brav'uomo.

Il dottor Williams restituì un sorriso a Martin: - Grazie di tutto Martin, ci vediamo domani.

Il dottor Williams lasciò l'ufficio e camminò per qualche minuto fino alla fermata di Astor Place della linea 6 della metropolitana; era ancora presto quella mattina, ma in quel periodo dell'anno non era mai abbastanza presto per camminare per strada a New York senza soccombere al caldo. Il dottore si tolse la giacca e continuò a sudare fino alla banchina della metropolitana; il treno arrivò poco dopo, e l'aria condizionata gelata rinfrescò il cervello del dottore.

"Molto meglio" pensò mentre si rimetteva la giacca.

Scese alla fermata sulla 68esima Strada e camminò verso sud per qualche isolato: Valerie e Reginald Bloomshield abitavano in Park Avenue, non lontano dalla metropolitana. Voleva parlare ancora con loro, e il detective Mason aveva acconsentito a lasciarlo andare da solo: pensava che Valerie sarebbe stata molto più aperta se si fosse trovata a parlare con qualcuno che non portasse un distintivo e una pistola, e di cui potesse fidarsi più facilmente.

- Buongiorno Dottor Williams - La signora Bloomshield gli aprì la porta: il portiere l'aveva già avvisata che il dottore stava salendo.

- Buongiorno signora Bloomshield, e grazie per aver accettato di vedermi oggi.

Aveva l'aria ancora più stanca rispetto alla settimana precedente, ma almeno lo shock per la morte della figlia sembrava aver cominciato a scivolarle via.

- Mi fa piacere aiutarla, Dottore. Mio marito si scusa: non poteva essere qui con noi oggi. Spero che lei abbia delle novità.

- Mi dispiace ma non ne ho ancora. Vengo per avere qualche racconto, piuttosto - Aggiunse sedendosi su uno dei divani del soggiorno. Valerie si sedette su una poltrona, alla sua sinistra - Vorrei sapere qualcosa di più sul periodo in cui sua figlia ha incontrato Lester Fischer, e su come ha deciso di sposarlo.

- Lei cerca una storia d'amore, Dottore, ma temo che questa la deluderà.

Il dottor Williams voleva capire come Sylvia avesse potuto cambiare idea tanto radicalmente in un così breve periodo di tempo, e passare dall'amore folle per Bob al matrimonio con Lester. Neanche lui era troppo convinto che sarebbe stata una bella storia d'amore.

- L'altra volta mio marito ed io le abbiamo raccontato di quel Capodanno, credo - Valerie Bloomshield continuò - Quando Sylvia ci ha detto che voleva un lavoro.

Il dottor Williams ricordava abbastanza bene quel punto: Bob era appena partito per Londra, e Sylvia aveva il cuore in pezzi. Annuì in risposta allo sguardo interrogativo di Valerie.

- Era chiaro che fosse successo qualcosa in quella relazione di cui conoscevo giusto qualche dettaglio, ed era altrettanto chiaro che Sylvia avesse bisogno del nostro aiuto. Allora mio marito le ha trovato un lavoro alla sua banca. Non abbiamo chiesto troppi dettagli su cosa fosse andato storto nella sua vita sentimentale: è sempre stata molto gelosa della sua privacy, specialmente per tutto quello che riguardava i suoi sentimenti e le sue storie d'amore.

- Quindi non vi ha detto nulla di specifico, giusto? - Chiese il dottore.

- Esatto, ci ha solo detto che voleva cambiare vita: si era goduta quegli anni passati in viaggio e in ozio, e ora voleva lavorare. Non che non avesse mai lavorato prima, anzi in effetti aveva sempre lavorato durante gli anni dell'università. Lavoretti da studente, sa?

Il dottor Williams annuì, poi chiese: - Dove ha studiato Sylvia?

- Qui a New York, alla Columbia University, ci è sempre stata molto vicina: veniva sempre da noi nei weekend, per passare un po' di tempo con noi e con il resto della famiglia.

- Mi ricordo che mi ha parlato di un cugino ad un certo punto: le era vicino in quel periodo? - Magari un suo coetaneo avrebbe potuto sapere qualcosa in più riguardo a Bob.

- Certo, suo cugino Marvin: hanno più o meno la stessa età, e sono sempre stati molto vicini. Mi ricordo che lui la prendeva sempre in giro perché lei insisteva a lavorare ogni domenica, quando era all'università. Ma in quel periodo non c'era niente che lei amasse di più che lavorare al condominio, quindi non le importava molto delle prese in giro di Marvin.

- Il condominio?

- All'epoca mio marito ed alcuni suoi amici avevano appena finito di ristrutturare un bellissimo vecchio palazzo a SoHo: l'avevano comprato un paio d'anni prima e, ora che i restauri erano finiti, stavano cercando di affittarne o venderne gli appartamenti. Avevano assunto un agente immobiliare che se ne occupasse, ma Sylvia adorava quell'edificio a tal punto da passare le sue domeniche lì con l'agente, per aiutarlo a mostrare gli appartamenti, a portare i potenziali acquirenti sul terrazzo comune all'ultimo piano, o nel giardino sul retro. Le piaceva moltissimo l'edificio, e anche il quartiere: per anni ha sognato di abitare lì. Purtroppo, quando lei e Lester si sono sposati e hanno deciso di comprare casa, non c'erano più appartamenti disponibili nel condominio. Ma sono stati comunque abbastanza fortunati: hanno trovato una casa nella stessa zona, vicinissimo a quell'edificio. Anzi per essere precisa credo che i due palazzi abbiano una rete in comune, nel giardino sul retro, giusto un pezzetto.

- Questo è molto interessante, signora Bloomshield - "Specialmente se c'è un passaggio tra i due edifici", pensò il dottor Williams - Immagino che

Sylvia abbia smesso di lavorare al condominio, una volta finita l'università?

- Ha smesso poco tempo dopo: ora della fine del 1998, tutti gli appartamenti erano venduti o affittati a medio o lungo termine, e lei non aveva più motivo per andarci. In più, aveva conosciuto Bob più o meno nello stesso periodo. Purtroppo sappiamo tutti com'è finita.

- Lo so, Valerie, e posso immaginare quanto questo sia difficile per lei. Si senta libera di dirmi, in qualsiasi momento, se si sente a disagio nel continuare la nostra conversazione: non ne avrei a male - Ovviamente ne avrebbe avuto eccome, invece, ma la sua priorità al momento era assicurarsi che lei si sentisse a suo agio con lui.

Lei scosse la testa, per rassicurarlo che andava tutto bene.

- Quindi stava dicendo che, quando Bob e Sylvia si sono lasciati, era chiaro che lei avesse bisogno d'aiuto. Suo marito le ha trovato un lavoro, lei in che altro modo l'ha aiutata?

Valerie Bloomshield guardò il dottor Williams attorcigliandosi le mani: - Ecco, io...

- Non si preoccupi, può raccontarmi tutto, Valerie, tutto quanto.

Lei sospirò: - Ecco, credo che in ogni caso dovrebbe saperlo, quindi glielo dirò: avevo uno zio, è venuto a mancare qualche anno fa. Era uno psichiatra.

Il dottor Williams pensò che in fondo l'aveva sempre saputo: Sylvia Fischer doveva essere stata in cura da qualcun altro, prima di lui. Lei aveva sempre fatto in modo di dirgli esclusivamente quello che voleva fargli sapere, ed arrivare a capire chi lei fosse veramente era stato molto più difficile che per qualsiasi altro paziente.

- E questo dottore si è occupato di lei?

- Sì - Ammise Valerie Bloomshield - Era molto riluttante all'inizio, "Non sono pazza" mi diceva, "Non mi serve uno strizzacervelli". Non so esattamente cosa sia successo a lui, a quel Bob, ma ad un certo punto ha dovuto lasciare New York, per sempre, e ha lasciato anche lei. Avrebbe dovuto vederla allora, Dottore: io stessa l'ho sentita dire che niente aveva più senso, che non le sembrava di avere più una ragione per vivere. All'inizio voleva seguirlo, giusto all'inizio, ma sono riuscita a farle cambiare idea. Ci è voluto qualche mese per convincerla che aveva fatto la scelta giusta, qualche mese di psicoterapia e di scontri infiniti con me.

- E suo marito?

- Non ha mai saputo che lei fosse in cura da uno psichiatra, ne sarebbe stato alquanto scontento. Con tutto il dovuto rispetto, Dottore.

- Non si preoccupi, capisco benissimo: la maggior parte della gente è convinta che soltanto i pazzi abbiano bisogno della psicoterapia.

- Esatto, è proprio quello che pensa mio marito. Non volevo che sapesse, anche perché lui stava aiutando Sylvia dal punto di vista professionale, e pensavo che fosse abbastanza.

- Per caso Sylvia prendeva delle medicine?

- Direi di sì, lo zio Lawrence le aveva dato qualche antidepressivo, e qualche altra cosa che non conoscevo molto bene. Ma hanno funzionato abbastanza bene: dopo qualche mese era di nuovo se stessa, concentrata sul nuovo lavoro e la nuova vita! A quel punto ha conosciuto Lester.

Il dottor Williams pensò che non era mai un buon segno quando qualcuno dimenticava completamente il passato così in fretta: di solito voleva dire che la ferita era guarita solo in superficie, e il dolore era ancora straziante in profondità.

- Sylvia ha conosciuto Lester ad un evento della compagnia per cui lavorava: ogni anno in maggio la banca organizzava un viaggio di uno o due giorni, per ogni team di impiegati e per le loro famiglie. Sylvia non aveva mai voluto venire prima di quell'anno, ma quella volta suo padre era riuscito a convincerla: sarebbe stata un'ottima occasione per lei, visto che era appena entrata a far parte di quello stesso team. Che posso dirle: ha funzionato fin troppo bene.

- Immagino. Lester lavorava alla stessa banca?

- Oh, ci lavora ancora. O almeno ci lavorava prima di essere arrestato. Chiaramente mio marito voleva licenziarlo immediatamente, non appena Sylvia è sparita l'anno scorso. Ma sembra che Lester, nonostante sia chiaramente un idiota, sia bravo nel suo lavoro, quindi per il bene della banca mio marito ha deciso di essere paziente. Reginald aveva ragione su Lester, comunque, quindi spero che a Natale gli diano un bonus ancora più cospicuo. So cosa sta per dirmi: la polizia non ha ancora confermato che è lui il colpevole della morte di Sylvia, ma sono felice di lasciare all'NYPD tutto il tempo che vuole.

- Mi scusi signora Bloomshield, giusto un'ultima domanda: lei non mi sembra apprezzare molto Lester, e mi sembra che neanche suo marito lo apprezzi. Perché Sylvia ha deciso di sposarlo?

- Diceva che non credeva più nell'amore, e che quindi avrebbe sposato il primo uomo decente che avesse trovato, e per lei non sarebbe cambiato granché. Lester era un uomo perbene, con un buon lavoro e una famiglia benestante, e a settembre dello stesso anno erano marito e moglie.

- Settembre dello stesso anno? Vuole dire soltanto quattro mesi dopo essersi incontrati per la prima volta?

Il dottor Williams era sorpreso: era chiaro che a Sylvia Fischer non era importato più nulla di niente e di nessuno, ma non pensava che potesse essere così impulsiva.

- Anche meno di quattro mesi: il viaggio di lavoro era stato verso la fine di maggio, non ricordo esattamente che giorno, e si sono sposati il 9 settembre, una domenica. Diavolo me lo ricordo come se fosse ieri: dovevano partire per il viaggio di nozze due giorni dopo, il martedì mattina. Ma sa, non sono riusciti neanche a lasciare New York: era il 2001, e quel martedì era l'11 settembre...

Valerie Bloomshield non poteva più parlare: si teneva il viso tra le mani, scossa dai singhiozzi. Neanche il dottor Williams sapeva più cosa dire: il matrimonio di Sylvia e Lester era stato condannato fin dall'inizio.

CAPITOLO 22, GIOVEDI 31 LUGLIO 2008

Il dottor Williams si svegliò il giorno seguente con un'immagine chiarissima in testa: una giovane donna, appena sposata, che prepara la valigia per partire in viaggio di nozze, una calma mattina di settembre. All'improvviso un ruggito, un terremoto: le finestre tremano, l'adrenalina le invade il sangue, le pupille si dilatano. Terrore. Il World Trade Center è ferito a morte, a un paio di chilometri dalla sua finestra: un giorno che nessuno dimenticherà mai, a New York e in tutto il mondo. La vita è così imprevedibile.

Il dottore era pronto a ritornare nel suo studio, dopo una settimana passata ad indagare sulla morte di Sylvia Fischer: non vedeva l'ora di concentrarsi su storie meno tragiche. Controllò il calendario sul suo telefono, mentre scendeva le scale fuori dalla porta del suo appartamento: Leslie Connors sarebbe stata la sua prima paziente della giornata. Da quando si era fidanzata aveva iniziato lentamente a cambiare le sue abitudini, si era ammorbidita: ora i suoi appuntamenti erano alle nove della mattina, un'enorme concessione. E senz'ombra di dubbio un buon segno.

- Dottore, mi è mancato così tanto settimana scorsa, ci sono talmente tante cose di cui ho bisogno di parlarle!

Leslie Connors era entrata nell'ufficio del dottor Williams sfoggiando un sorriso.

- Ma so che era in viaggio per ragioni scientifiche importantissime, per le quali sono veramente fiera di lei, molto fiera - Continuò, scuotendo la testa - Sono sicura che la sua conferenza è stata un successo, vero? Oh posso solo immaginare i progressi della medicina di cui lei sarà artefice! Sono così orgogliosa di essere sua paziente.

- La ringrazio molto, signorina Connors, ma lei è troppo generosa. Mi dispiace di non essere stato qui per lei la settimana scorsa, quindi mi dica: come si sente?

Sapeva che chiedere era il suo lavoro, quindi chiese, pronto a qualsiasi cosa.

Lei lo guardò dritto negli occhi. Ad un tratto, il suo viso cambiò espressione, il labbro inferiore iniziò a tremare. Piccole lacrime si formarono ai lati degli occhi di Leslie Connors, e lentamente cominciarono a scenderle lungo la guancia, mentre iniziava a singhiozzare piano: - Sono così stressata! L'organizzazione di questo matrimonio mi sta facendo impazzire! Magari lei pensava già che fossi pazza, fin dalla prima volta che ho messo piede nel suo studio, ma non credo di essere stata pazza allora. Ma ora lo sono senz'altro!

Leslie Connors era disperata: mancava giusto poco più di un mese al matrimonio con Robert all'inizio di settembre, e niente era ancora pronto. Sua madre e la sua futura suocera avevano opinioni molto chiare sull'organizzazione del matrimonio, sulla decorazione, il catering, i regali per i testimoni, lo schema dei colori, il dress code... Opinioni talmente chiare e divergenti che le tre donne non riuscivano a mettersi d'accordo su nulla. Il dottor Williams pensò a Robert: non lo conosceva, ma era sicuro che ci volesse un bel coraggio per sentirsi pronti a decenni di confronti del genere.

- Pensavo che fossimo d'accordo almeno sui fiori - Leslie continuò a parlare e singhiozzare - Ne avevo scelti solo di bianchi, per fare in modo che nessuno avesse da lamentarsi: calle, rose bianche, qualsiasi cosa il fioraio fosse riuscito a trovare. E invece no: la madre di Robert dice che dobbiamo obbligatoriamente aggiungere un po' di colore, per seguire il dress code. Che non è neanche stato ancora scelto! Mi sento così depressa Dottore.

- Non si senta depressa: si sta per sposare, sarà il giorno più importante e meraviglioso della sua vita! Cerchi di concentrarsi sulle cose veramente importanti, e sono sicuro che troverà un qualche accordo con sua madre e sua suocera.

- Non ci può essere nessun accordo, è impossibile, lo so: quelle due non andrebbero mai d'accordo su niente. Per esempio, io volevo fare un pranzo leggero, magari un buffet, qualcosa di giovane e fresco; mia madre vuole fare invece un pasto tradizionale, seduti e con almeno dieci portate; e la madre di Robert vuole solo pesce! Voglio dire: chi vuole solo pesce ad un matrimonio? È convinta che la carne faccia malissimo alla salute, ha smesso di mangiarla qualche mese fa, e ora vuole obbligarmi a rinunciare alla carne al mio matrimonio. E magari anche per sempre, già che ci siamo! Come faccio a trovare un accordo così? La wedding planner è ancora più disperata di me, dovrebbe vederla. Povera donna.

Il dottore non era un esperto in matrimoni, ma poteva offrire la sua conoscenza dell'animo umano:

- Vede Leslie, il matrimonio non ha solo bisogno d'amore, e non porta sempre solo la felicità, ha anche bisogno di compromessi: rinunciare a qualcosa e chiedere all'altra persona (o persone, in questo caso) di rinunciare a qualcos'altro. Perché non cerca un modo, con la sua wedding planner, per far sì che tutti abbiano qualcosa, ma senza esagerare? Per esempio può organizzare un aperitivo a buffet e poi una selezione di piatti principali a base di pesce, serviti al tavolo. Può poi aggiungere un secondo buffet di carne, così che sua suocera non si senta troppo offesa alla vista di una bistecca al sangue. Che ne pensa?

- Non so se funzionerebbe: sono entrambe così cocciute. Ma posso...

Si era fermata all'improvviso perché il telefono sul tavolo del dottor Williams si era messo a squillare. Il dottore si scusò e rispose: - Dottor Williams - La voce di Martin era nervosa all'altro capo del telefono - Mi dispiace interromperla, Dottore, so che questo la disturba sempre, ma ho una chiamata per lei, ed è molto urgente.

- Chi è, Martin?

La polizia scientifica aveva finalmente rispedito le chiavi della signora Fischer, restaurate e ripulite, al detective Mason, e lui non vedeva l'ora di provarle al palazzo dove abitava la donna. L'investigatore era arrivato all'edificio qualche minuto prima delle otto quella mattina, più o meno all'orario in cui i portieri si davano il cambio di turno, per cercare di intercettare sia il portiere di notte che il suo collega che lavorava la mattina.

- Buongiorno, sono il detective Mason, NYPD: vorrei farle qualche domanda su Sylvia Fischer. Magari si ricorderà di me dall'anno scorso.

- Senz'altro Detective - Rispose George, il portiere notturno - Mi ricordo benissimo di lei: non è cambiato di una virgola.

- Sono contento che questo caso non mi abbia fatto invecchiare più in fretta del dovuto - Il detective rispose con un cenno della testa - E se mi ricordo bene lei era ancora qui, quella mattina di un anno fa, quando il signor Fischer ha lasciato l'appartamento. Per caso si ricorda che ora era?

- Ho ripensato così tante volte a quel giorno, Detective: la signora Fischer mi piaceva molto, e anche suo marito. Persone perbene, molto gentili. Non mi ricordo esattamente a che ora fosse uscito lui quel giorno, ma le posso dire che non è praticamente mai in ritardo, ed è sempre molto regolare nella sua routine: esce sempre verso le 7:30 della mattina, spesso proprio alle 7:30 in punto. Quindi se quel giorno non ho notato nulla di strano vuol dire che era ancora una volta in orario.

- Le è sembrato diverso? O nervoso in qualsiasi modo?

- No, Detective, non credo: mi ha detto il solito "Buona giornata George" e, appena uscito dalla porta principale, ha incontrato il suo autista ed è salito in macchina.

- E per caso l'aveva visto prima delle 7:30, quella mattina? Magari l'ha visto uscire presto, e rientrare a casa?

- Nossignore, mi ricorderei di una cosa così.

- Lei fuma, George? Magari quella mattina ha lasciato la sua postazione per un paio di minuti, e magari non l'ha visto rientrare, prima delle 7:30? O magari è dovuto andare in bagno?

- È vero che fumo, Signore, ma fumo sempre giusto un paio di metri fuori dal portone d'ingresso, per tenere sott'occhio chi entra e chi esce. E vado anche in bagno, di tanto in tanto, ma di solito di notte, mai intorno alle 7 di mattina: finisco qui alle 8 ogni mattina, e onestamente riesco sempre a trattenerla per qualche altro minuto. Lei mi capisce, credo.

A quel punto il portiere diurno, Francis, varcò la porta d'ingresso.

- Ciao collega - Salutò George, e poi si rivolse al detective - Buongiorno Signore.

- Buongiorno, lei deve essere Francis - Disse il detective.

- Ci può scommettere - Rispose l'uomo, stringendo la mano al poliziotto.

- Benissimo, io sono il detective Mason, NYPD. Sto investigando sulla morte di Sylvia Fischer.

- Mi ricordo di lei, Detective, era qui l'anno scorso quando la signora Fischer è scomparsa. Bruttissima storia - Rispose.

- Esatto, bruttissima storia. George mi stava dicendo che lui non ha visto niente di insolito quella mattina: il signor Fischer era uscito verso le 7:30 come ogni mattina. Lei è arrivato verso le 8 quel giorno, giusto Francis?

- Credo di sì: di solito sono in orario e non mi ricordo di essere arrivato in ritardo quel giorno; me lo ricordo come se fosse ieri: sono portiere qui da tanti anni, e non era mai successo niente del genere.

- Posso immaginare - Osservò il detective - Per caso si ricorda di quando sono arrivate la cameriera e la bambinaia dei Fischer quella mattina, Francis?

- Mi ricordo che la cameriera era completamente senza fiato quando è arrivata qui: il suo autobus era in ritardo o qualcosa di simile, ed è corsa all'ascensore. Mi ricordo di aver guardato l'orologio ed aver visto che erano solo le 8:35: di solito arriva alle 8:30, quindi non mi sembrava un ritardo così terribile. E la tata era arrivata giusto un paio di minuti prima: entrambe hanno le chiavi dell'appartamento, quindi non ci sarebbe stato nessun problema, in ogni caso.

- Benissimo, e per caso ha visto qualcuno entrare o uscire dall'edificio tra le 8 di mattina e l'ora in cui è arrivata la bambinaia? Magari la signora Fischer? O qualcuno che non conosceva?

- Avevo dato qualche appunto al riguardo alla polizia, l'anno scorso: adesso non mi ricordo perfettamente, ma direi che senz'altro qualcuno è uscito, sa, per andare al lavoro, ma nessuno sconosciuto è entrato. Mi ricorderei se qualcuno che non conosco fosse entrato: far visita alle persone in casa loro alle 8 della mattina non è una cosa molto comune, e non ci sono uffici in questo palazzo.

Il detective si sentiva bloccato: nessuno aveva visto niente, nessuno sapeva niente. Magari avrebbe avuto più fortuna con le chiavi.

- Magari uno di voi due mi può aiutare a provare queste chiavi - Chiese, mostrando le chiavi che erano state ritrovate nella borsa di Sylvia Fischer - Sono abbastanza delicate, quindi sarebbe ideale se poteste avere un'idea di cosa potrebbero aprire prima di provarle effettivamente.

Francis rispose: - Senz'altro posso darle una mano, Signore, conosco questo edificio come le mie tasche. George, ti dispiacerebbe sostituirmi per qualche minuto? - George annuì con un sorriso.

Le chiavi erano state inserite individualmente in sacchettini di plastica trasparente, e tutto il mazzo era stato infilato in un secondo sacchetto di plastica. Francis le guardò con attenzione, strizzando gli occhi, ed alla fine estrasse il suo mazzo di chiavi da una tasca dei pantaloni: - Questa è senz'altro del portone esterno: vede, è identica alla mia - Disse sovrapponendo le due chiavi - E quest'altra è della seconda porta, qui, più vicina al bancone. Questa più piccola dev'essere della casella delle lettere.

Francis provò le tre chiavi, con grande attenzione, e funzionarono tutte: - Tre sono fatte, Detective!

Altre chiavi aprivano il locale lavanderia e il magazzino.

- Tempismo perfetto, Signore, ecco Catalina - George, dalla sua postazione all'ingresso, chiamò Mason e Francis mentre rientravano dalla lavanderia: una signora di mezza età era appena entrata nell'edificio, e guardava il detective con fare interrogativo.

- Detective? - Lo riconobbe subito - Come sta?

- Buongiorno Catalina - Rispose Mason, stringendole la mano - Sto abbastanza bene, grazie. Viene ancora qui tutti i giorni?

- Già - Rispose con una luce opaca negli occhi - Penso ancora che ci debba essere un po' di speranza per questa famiglia: magari il signor Fischer è innocente e tornerà a casa, un giorno. Non so. Rebecca vive con la famiglia del fratello del signor Fischer, per ora, quindi l'appartamento è vuoto, muto. Pulisco ancora ogni giorno, e spero che tutto vada per il meglio.

- Sono sicuro che il signor Fischer le è molto grato per questo, Catalina. Le dispiace se saliamo con lei per provare un paio di chiavi nella porta di ingresso dell'appartamento dei Fischer?

Due chiavi aprirono in un soffio la doppia serratura dell'appartamento. Catalina offrì una tazza di caffè a Francis e al detective. Mason colse l'occasione per farle un paio di domande, visto che c'era: - Signora Catalina, si ricorda cos'è successo una settimana prima che la signora Fischer scomparisse? La sera in cui la signora Fischer si è trovata due occhi neri?

- Mi ricordo, Signore. Che giornata strana: il signor Fischer era stato in viaggio per lavoro per qualche giorno, e quel giorno la signora Fischer non aveva per niente voluto lasciare la sua stanza, per tutto il giorno. Non succedeva quasi mai, e Lucille, la tata, ed io non capivamo quale fosse il problema. Quando il signor Fischer è rientrato a casa quella sera, abbastanza tardi, è andato nella stanza di sua moglie per salutarla, e si è chiuso la porta dietro le spalle. Ne è uscito poco dopo, e sembrava molto pensieroso, preoccupato. La signora Fischer è uscita dopo qualche secondo: piangeva e aveva gli occhi molto rossi, come se qualcuno l'avesse appena colpita. Gli occhi sono diventati neri in un paio di giorni; sembrava soffrire molto, me la ricordo sempre silenziosa nei giorni seguenti. Mi ricordo anche che il signor Fischer non voleva andare al lavoro il giorno dopo, per potersi occupare di lei, ma mi ha detto "Abbiamo la riunione dei direttori al martedì, devo andarci per forza".

- Al martedì? - Chiese il detective.

- Esatto. Non so perché, ma ce l'hanno tutti i martedì.

- È sicura che fosse un martedì?

- Sì Signore, è tutti i martedì, da anni! Può chiedere a Lucille se vuole: è ancora la tata di Rebecca, ma lavora a casa del fratello del signor Fischer.

- Quindi Lester Fischer sarebbe rientrato il lunedì sera, quella settimana: non c'era domenica sera, giusto?

- Esatto: ho preparato la cena per la sola signora Fischer quella domenica sera, e poi sono andata a casa. Il giorno seguente, il lunedì, il signor Fischer è rientrato a casa, la sera tardi. Aveva ancora la valigia, per questo ero sicura che non fosse rientrato dal viaggio di lavoro la sera precedente. Ed ero anche rimasta fino a tardi la domenica sera, più o meno fino a mezzanotte, credo.

Il detective Mason non sapeva bene cosa pensare: perché Sylvia aveva scritto sul suo diario che suo marito l'aveva picchiata una domenica sera, se lui non era neanche a casa? Magari si era solo confusa? Chissà.

- Detective, abbiamo un'ultima chiave qui - Stava dicendo Francis, tenendo in mano una chiave un po' più piccola delle altre.

- Proviamo nel retro - Il detective Mason sentiva che c'era qualcosa di strano in tutta quella storia - Voglio vedere la corte sul retro: scommetto che c'è un passaggio, una porta, qualcosa.

- Mi lasci dire: lavoro qui da un sacco di tempo - Rispose Francis - E non c'è uscita sul retro.

- Vedremo.

Lasciarono Catalina, ringraziandola per il suo aiuto, e ritornarono al piano terra. Attraversarono il locale pattumiera, di cui la signora Fischer non aveva la chiave, ma Francis spiegò che la porta era sempre aperta: non c'era bisogno di chiavi, e neanche lui le aveva. La corte sul retro aveva un piccolo spazio fiorito e ricoperto d'erba, e con qualche piastrella decorativa: molto piccolo ma molto ben curato. Francis ne era abbastanza fiero: era la sua gemma. C'erano due muraglie di cemento ai due lati, e una rete spessa in fondo: il tutto sembrava molto solido, ma il detective non era convinto della rete. Cercò di scuoterla: non si mosse granché, ma magari dall'altro lato...

L'altro lato! Il detective Mason l'aveva quasi dimenticato: l'altro lato del giardino apparteneva al palazzo il cui comproprietario era Reginald Bloomshield, il padre di Sylvia. Magari la rete si apriva dall'altro lato?

- Stia qui, torno subito - Disse a Francis.

Il detective Mason corse fuori dal palazzo, girò l'angolo e vide l'ingresso dell'edificio sull'altro lato: la porta era chiusa, non c'era un portiere lì. Suonò al primo nome sul videocitofono, e mostrò il distintivo alla telecamera: - Detective Mason, NYPD! Ha le chiavi del giardino sul retro?

- Ehm, sì - Una voce di ragazzino rispose all'altro capo.

- Allora apri la porta e aspettami all'ingresso, subito!

La porta si aprì, e qualche secondo dopo un adolescente spaventato uscì dall'ascensore in pigiama.

- Come ti chiami, ragazzo? - Chiese il detective, continuando a mostrare il distintivo per rassicurare il giovane.

- Mi chiamo Zack.

- Bel nome. Perché non sei a scuola?

Il ragazzino guardò il detective con gli occhi spalancati: - Devo andare dal dentista stamattina...

- Bene, ce le hai le chiavi? - Zack gli mostrò il portachiavi scintillante - Grande, andiamo.

Scesero un'altra mezza rampa di scale ed emersero in giardino: la rete era là, ad un paio di metri. Il detective corse verso di essa, scrutando dall'altro lato ma senza vedere nulla: - Francis? Ci sei ancora?

- Detective! In diretta dall'altro lato! Sono qui.

Mason iniziò a scuotere la rete, per vedere se non sembrasse più lasca in qualche punto.

- Che sta facendo? - Zack stava iniziando a preoccuparsi.

- Stai tranquillo ragazzo, voglio solo vedere se c'è un'apertura da qualche parte in questa stupida rete. Non sai se c'è un passaggio o qualcosa di simile?

- Certo, c'è una serratura nascosta qui a destra - Zack mostrò un angolo della rete al detective Mason - Ma non ho la chiave.

Il detective guardò più da vicino: la serratura era così piccola che non era facile vederla da quel lato della rete, ed era praticamente impossibile dal lato opposto, per quello il vecchio Francis non aveva la minima idea che ci fosse un'apertura. Mason prese l'ultima chiave dalla tasca e la inserì dolcemente nella serratura. Entrava. La girò lentamente. La rete si aprì.

- Porca merda!

Gettò la mano in tasca e pescò il telefono: - Detective Mason, devo parlare subito con il dottor Williams: è urgentissimo.

La voce all'altro capo del filo non era quella del dottore, ma Martin chiese al detective di attendere in linea per qualche secondo.

- Detective?

- Doc, non indovinerà mai cos'ho appena scoperto! Arrivo subito al suo studio: spero che i suoi pazienti non si lagnino troppo.

- Lo sapevo! - Il dottor Williams non sapeva se si sentiva eccitato o ancora più confuso, forse un misto delle due - Lo sapevo che doveva esserci un'uscita sul retro.

- Già ma non la si vede da questo lato della rete. La si vede appena dall'altro lato, dall'altro edificio - Il detective Mason era nell'ufficio del dottor Williams, e cercava di spiegare la situazione al dottore con ampi gesti delle braccia - Ma è completamente impossibile vederla da questo lato. A meno che non si sappia che è lì. Perché se sai che c'è, e se sai esattamente dov'è, allora puoi infilare la mano tra la le due sbarre verticali nell'angolo, e aprire la serratura. L'ho provato io di persona.

- Quindi che facciamo adesso?

- Due cose: la prima, controlliamo se il nostro Lester ha la stessa chiave e se sa del passaggio nella rete. Se non ha la chiave e non ne sa nulla, allora Sylvia deve averne parlato a Bob, magari l'ha aperta lei stessa per lui quel lunedì mattina, ed è lui il nostro uomo. Maledetta polizia inglese, se soltanto fossero capaci di fare il loro lavoro!

Seconda cosa, dobbiamo verificare se Lester era davvero fuori quella domenica sera in cui avrebbe colpito sua moglie. Se non c'era... bah allora non capisco più niente, magari lei stava veramente coprendo Bob. Cristo, da amante a assassino il passo è veramente breve.

- Possiamo controllare se l'altro palazzo ha una telecamera di sicurezza che ha magari registrato qualcosa? Magari Bob che entrava, o Sylvia che usciva?

- Buona idea Doc, ma ho già chiesto all'amministratore di condominio se c'è qualche speranza che abbiano conservato qualche registrazione dell'anno scorso: mi ha riso in faccia.

Tra l'altro, pensa che sia possibile che Sylvia le abbia detto e abbia scritto sul suo diario che Lester l'aveva picchiata una domenica, se il fatto fosse veramente successo un lunedì?

- Non so cosa dirle - Il dottore era perplesso su quel punto - Perché avrebbe dovuto mentire? Poteva essere così confusa da non ricordare che giorno fosse? L'ho vista il giovedì di quella stessa settimana: i segni erano ancora freschi sul suo volto, e credo che anche la sua mente avesse il ricordo ancora ben impresso. Magari si è confusa perché Lester di solito rientrava a casa la domenica sera, e quindi ha associato la sua presenza con il fatto che dovesse essere per forza domenica?

- E quindi questo cosa ci dice, Doc?

- O stava coprendo qualcun altro, che le ha fatto visita domenica dopo mezzanotte, o era completamente fuori di sé quando ha parlato con me, e quando ha scritto quella pagina di diario.

- Pensa che sia plausibile? Voglio dire, le ha parlato quel giovedì, qui nel suo ufficio: le sembrava completamente fuori di testa? - Il detective non sapeva davvero cosa pensare.

- Non credo, detective, ma a questo punto non sono più sicuro di un bel niente.

CAPITOLO 23, GIOVEDI 7 AGOSTO 2008

Qualche giorno dopo il dottor Williams ricevette in studio una telefonata del detective Mason: la polizia non aveva trovato la chiave della rete sul retro da nessuna parte tra le cose di Lester Fischer. Certo poteva averla gettata via in qualsiasi momento, quindi questo non lo discolpava completamente. In ogni caso, sembrava non avere la più pallida idea dell'esistenza del passaggio nella rete, e il detective Mason era piuttosto incline a credergli. E in più non c'erano impronte digitali o nessun altro indizio che indicasse che Lester potesse aver mai aperto il passaggio sul retro: in definitiva non c'era nessun nuovo elemento per accusarlo.

Il detective aveva anche un altro aggiornamento importante per il dottore: Lester Fischer non era senz'altro a New York la notte in cui avrebbe picchiato sua moglie. Era a Chicago per qualche riunione di lavoro, ed era rientrato solo il lunedì sera, come ricordava Catalina. C'erano transazioni della sua carta di credito, biglietti aerei, impiegati dell'hotel e gli stessi colleghi di Fischer pronti a confermare i suoi spostamenti: non era lì.

La questione era quindi ancora aperta: Sylvia aveva cercato di coprire Bob? Aveva solo confuso i giorni della settimana?

Bob restava il grande mistero nella storia di Sylvia Fischer: nessuno lo conosceva.

Il dottor Williams poteva capire come lei avesse voluto tagliare tutti i ponti con la sua vita da signora Fischer, e perché avesse deciso di non parlare di Bob con nessuno, l'anno precedente, neanche con i suoi genitori o con i suoi migliori amici. Ma la prima volta in cui si erano incontrati, svariati anni prima, avevano avuto una vera e propria relazione, e avevano dovuto avere degli amici in comune, delle persone che entrambi conoscevano. Eppure la polizia non era riuscita a trovare nessuno: Sylvia Fischer aveva estirpato qualsiasi connessione con quel periodo della sua vita nel momento in cui Bob l'aveva lasciata e se ne era andato a Londra. Non aveva nessun amico attuale che avesse incontrato per esempio all'università; sembrava che la sua vita fosse cominciata quel Capodanno del 2001, quando aveva chiesto a suo padre di trovarle un lavoro nella sua banca. Tutto il resto era stato cancellato.

Sylvia aveva incontrato la sua attuale migliora amica, Theodora, al lavoro, e non aveva mai parlato molto della sua vita negli anni precedenti. Le due donne avevano in qualche modo discusso degli anni di Sylvia all'università, ma i due anni che Sylvia aveva passato con Bob avevano come lasciato una voragine nella sua vita.

Il cugino di Sylvia, Marvin, era il solo a sapere qualcosa in più su Bob: chiaramente era il solo che l'avesse accompagnata attraverso gli anni dell'università, il suo periodo con Bob, e il suo periodo post-Bob. Sylvia non aveva comunque mai voluto che Marvin incontrasse il suo fidanzato, così come non aveva mai voluto presentarlo ai suoi genitori, ma aveva raccontato al cugino qualcosa in più. Marvin ricordava ancora quanto profondo fosse stato l'amore di Sylvia all'epoca, niente a che vedere con la sua relazione con Lester Fischer. Marvin aveva descritto al dottor Williams, quando si erano parlati qualche giorno prima, come Sylvia avrebbe fatto qualsiasi cosa per Bob, l'avrebbe seguito ovunque. Passava tutto il tempo con lui, di solito solo loro due: Bob aveva qualche anno in più di lei, e lei non aveva mai voluto annoiarlo con i suoi troppo immaturi compagni d'università. Dal canto suo, Bob non sembrava avere molti amici: diceva sempre che lavorava troppo per potersi fare degli amici; andava giusto a bere qualcosa con i colleghi durante la settimana, di tanto in tanto, ma nei weekend voleva vedere solo Sylvia.

La prima volta che Sylvia aveva parlato a Marvin del piano di Bob di lasciare New York ed emigrare a Londra, in cerca di miglior fortuna, gli era sembrata molto determinata: sarebbe andata con lui, a qualsiasi costo. Bob non ne era sembrato molto convinto: diceva che non voleva rischiare il futuro di Sylvia trascinandola in qualcosa di così rischioso; non aveva nulla a Londra e non conosceva nessuno: avrebbero dovuto ripartire completamente da zero. Magari non voleva sentirsi ingabbiato in una relazione con una ragazzetta poco più che ventenne, o magari era pronto a compiere azioni dubbie e non completamente legali, e non voleva coinvolgere Sylvia. In ogni caso, a lei non era sembrato importare.

Il loro castello aveva cominciato a sgretolarsi quando lei aveva rivelato a sua madre che voleva lasciare New York per seguire Bob: Valerie non poteva assolutamente accettarlo. I Bloomshield avevano molti amici a Manhattan e potevano aiutare Sylvia a costruire qualsiasi vita lei avrebbe scelto, ma altrove lei sarebbe stata completamente sola, e sua madre non pensava che Sylvia ce l'avrebbe fatta da sola. Marvin non conosceva tutti i dettagli, ma pensava che Valerie avesse in qualche modo convinto Sylvia a lasciar andare Bob, e lui era partito. Il dottor Williams aveva potuto completare la storia con quello che sapeva già dal racconto della signora Bloomshield: Sylvia era stata in cura dallo zio Lawrence per superare la sua depressione e dimenticare Bob. Quell'uomo doveva aver fatto un lavoro con i fiocchi: meno di nove mesi dopo Sylvia era sposata con Lester.

Marvin sapeva che sua cugina non aveva mai veramente dimenticato Bob: non aveva mai più parlato di lui, ma ancora pensava a lui e sperava che un giorno sarebbe tornato per strapparla a quella vita che stava vivendo, la copia sbiadita di una vita vera. Il giorno era alla fine arrivato, e Marvin non era rimasto sorpreso quando Sylvia era sparita: poteva benissimo immaginarsela pronta a lasciare tutto per volare via con Bob. Era rimasto senz'altro infinitamente più sorpreso quando Sylvia era stata trovata morta, come chiunque altro. Chiunque altro tranne sua madre: Valerie non aveva mai voluto credere che sua figlia l'avesse abbandonata senza neanche dirle addio o farle avere sue notizie. Il dottor Williams poteva crederci molto più facilmente, considerando com'era stata proprio Valerie a costringere Sylvia a lasciar andare Bob.

Era molto difficile per il dottore immaginarsi una Sylvia Fischer così diversa da quella che aveva conosciuto, pensare ad una donna innamorata e pronta a fare qualsiasi cosa per preservare quell'amore. La persona che aveva conosciuto, per quanto potesse dire di conoscerla dopo appena qualche mese di terapia, era un essere umano molto razionale, cinica e realista, magari piena di nostalgia per un passato migliore, ma soddisfatta di un presente dignitoso. Se quella vecchia Sylvia era rimasta nascosta dentro alla Sylvia che conosceva lui, senz'altro si era approfittata della situazione: leggere i suoi diari era come percorrere due vite diverse.

"Martedì, 24 luglio 2007

Mi sento rinata! Ti avevo lasciato domenica, solo due giorni fa, e stamattina mi sono sentita come morta dentro senza di te: la vita è talmente inutile senza te. Sei la sola cosa che mi tiene in vita, e nient'altro ha un senso: sei la sola famiglia che voglio, e non ho nessuna intenzione di perderti ancora. E proprio quando stavo iniziando a lasciarmi prendere dallo sconforto, ho realizzato che ti vedrò stasera, come avevamo deciso! Non vedo l'ora, mi sento rinata.

(...)

Che serata meravigliosa: abbiamo cenato in quel posto dove andavamo sempre quand'eravamo giovani, e avevi addirittura prenotato un'intera sala per noi! Mi sono sentita una principessa, una star di Hollywood! Sei così pieno di attenzioni, così amorevole, e ti prendi talmente cura di me. Non ti voglio lasciare, mai più!"

"Giovedì, 28 giugno 2007

Il compleanno di Rebecca, sono venuti pure i genitori, un sogno.

Tutti si preoccupano sempre talmente tanto di Rebecca, magari perché non può ancora parlare, e quindi non può deludere nessuno. Non trovo neanche niente di interessante nel parlare di lei."

"Domenica, 3 giugno 2007

Che bel weekend: lo stronzo fuori di torno per lavoro (come no), un po' di tempo per me stessa.

Mi fa sempre talmente ridere quando torna: "Tesoro sai che devo veramente lavorare, starei davvero qui con te se potessi!". E chi ci crede? Magari le sue amichette, ma a chi importa di loro? A me senz'altro non frega niente."

Bradley Hampstead avrebbe rappresentato Sylvia come formata da due metà distinte: una nera e una rossa, una cinica e una amorevole. Una volta aveva disegnato qualcosa del genere, e nel ricordarlo il dottor Williams si alzò dalla sua scrivania e dai suoi pensieri per cercare il disegno in un vecchio faldone, prima che Bradley arrivasse per il suo appuntamento settimanale. All'epoca in cui l'aveva disegnata, Bradley aveva spiegato che quella era la migliore rappresentazione del taglio netto che aveva percepito nella sua anima quando il fratello era morto: si era sentito come se metà della sua essenza più profonda fosse morta con suo fratello, e fosse diventata nera e putrida; l'altra metà era in qualche modo sopravvissuta, ma in una rabbia scarlatta, piena di sangue e di paura.

Bradley Hampstead entrò nello studio mentre il dottor Williams teneva ancora in mano il suo vecchio disegno. Sorpreso, Bradley gli chiese se non fosse soddisfatto delle sue recenti produzioni settimanali, ed invece preferisse qualche vecchio classico. Il dottore rise, molto probabilmente per la prima volta quel giorno, e dentro di sé ringraziò Bradley per la sua autentica bontà d'animo.

Il dottor Williams chiese al suo paziente di raccontargli qualcosa in più su quel vecchio disegno: come percepiva quella separazione dentro di sé oggi? Come era riuscito a superarla?

Bradley aveva fatto grandissimi progressi ed era diventato meno taciturno nei mesi precedenti, ed aveva potuto spiegare al dottore come la morte di suo fratello gli avesse semplicemente spezzato il cuore e la mente. C'erano un Bradley prima ed uno dopo l'evento. I due Bradley non si erano parlati per moltissimo tempo, ed avevano ancora qualche problema di comunicazione. Col tempo, la terapia, e soprattutto l'arte, la parte nera della sua anima era diventata piuttosto grigia: il dolore era diventato più pallido ed i ricordi positivi avevano cominciato a riaffiorare in superficie. La parte rossa aveva imparato a controllare la rabbia e il dolore, ed era ormai di un arancione sbiadito.

Quando Bradley ebbe lasciato il suo ufficio, il dottor Williams realizzò che non sapeva quasi nulla dell'evento che aveva cambiato per sempre la vita di Sylvia Fischer, di quel giorno in cui aveva rincontrato Bob. Decise allora di telefonare subito al detective Mason, per proporgli un giro negli Hamptons.

CAPITOLO 24, GIOVEDI 14 AGOSTO 2008

Il dottor Williams non era mai stato molto mondano: non gli piacevano particolarmente i club esclusivi o gli altri posti in cui la gente va solo per essere vista, neanche quando era più giovane. Ma la cosa che gli piaceva di più di New York era che chiunque poteva viversi la vita che voleva: feste esclusive con gente famosa, oppure teatro e concerti, o perfino la stessa vita che una persona normale potrebbe vivere in una qualsiasi altra città anonima degli Stati Uniti. C'era sempre posto per tutti a New York.

Non era mai stato negli Hamptons in tutti gli anni che aveva passato in città: quel posto gli era sempre sembrato troppo costoso e troppo affollato, niente che gli interessasse. Aveva visitato altre parti della costa nelle estati precedenti: Andy e Sarah di solito affittavano una casa per la stagione, e invitavano gli amici tutti i weekend; il dottor Williams cercava di passare con loro almeno un paio di weekend ogni estate.

Il tragitto con il detective Mason, che era passato a prendere il dottore sotto casa alle 8 della mattina seguente, durò almeno due ore, ma i due uomini avevano molte cose di cui parlare.

- Non ho più dubbi ora - Stava dicendo il dottore - Sylvia avrebbe potuto tranquillamente partire con Bob senza dire nulla ai suoi genitori: riteneva sua madre responsabile per averlo perso la prima volta, e senz'altro non voleva farsi rovinare la vita una seconda volta.

- E la figlia?

- Credo che Sylvia avesse un conflitto subconscio con Rebecca: la bambina è la ragione per la quale Sylvia ha dovuto lasciare il suo lavoro, ritrovandosi imprigionata in una vita che non faceva per lei, e con un uomo che non amava. La mia teoria è che Sylvia abbia avuto una forma molto particolare di depressione post-parto, causata da tutti questi cambiamenti così destabilizzanti. Se poi a questo aggiungiamo il calo fisiologico dei livelli ormonali dopo il parto e la potenziale depressione di cui aveva sofferto la prima volta in cui aveva perso Bob...

- Un mix esplosivo - Il detective Mason finì la frase - Anche se non sono un esperto di ormoni femminili.

- Non si preoccupi degli ormoni - Il dottor Williams sorrise scuotendo la testa - Vorrei solo poter confermare che era davvero clinicamente depressa dopo che Bob l'ha lasciata la prima volta: questo pezzo completerebbe il puzzle, ma purtroppo lo zio Lawrence è morto qualche anno fa, e tutti gli appunti sui suoi pazienti sono stati distrutti. È possibile che la prima depressione fosse solo sopita in questi ultimi anni, mai completamente guarita, e che sia ritornata a colpire dopo la nascita di Rebecca. La depressione potrebbe perfettamente spiegare la decisione di Sylvia di lasciare la sua famiglia di punto in bianco, pur di ritrovare Bob; spiegherebbe anche come mai Sylvia si fidasse così ciecamente di lui, al punto da restare uccisa.

- Sapevo che saremmo finiti qui, Doc: sempre più convinto che l'assassino sia Bob.

- Devo esserlo, Detective: che altre opzioni abbiamo?

- Abbiamo ancora Lester.

Il dottor Williams sospirò: - Mi ha detto che Lester non sapeva niente della chiave sul retro...

- Esatto, ma le ho anche detto che non era molto sorpreso dal fatto che la griglia sul retro avesse un'apertura, la sua faccia era piuttosto da "Chissenefrega, perché mi racconti queste cose?".

- Gli ha detto che probabilmente il killer di Sylvia ha lasciato l'edificio proprio dal retro?

- Certo, ma lui ha lasciato cadere la cosa come se si sentisse ancora sotto esame, o qualcosa del genere. Ma anche se non sapeva niente della chiave, potrebbe sempre aver sentito Sylvia Fischer che cercava di lasciare l'appartamento molto presto quella mattina, potrebbe averla seguita fino al piano terra per vedere se se ne stesse veramente andando, se stesse lasciando lui e la figlia, senza nessun ripensamento. Potrebbe averla seguita attraverso il locale pattumiera e potrebbe averla vista mentre apriva la rete sul retro.

- E poi? - Chiese il dottore.

- E poi, nascosto nel locale pattumiera, l'ha vista rientrare in casa. Ha capito allora che lei aveva aperto la griglia per Bob, che per qualche ragione non era ancora rientrato a Londra, o magari era ritornato qui a prenderla. Bob avrebbe potuto entrare nell'edificio senza farsi vedere, all'ora concordata con Sylvia tra le 7:30 e le 8:30, quando lei sarebbe stata sola in casa, Lester già al lavoro e la cameriera e la bambinaia ancora lontane. Dev'essere stato troppo per Lester: l'altro uomo in casa sua! La rabbia e la gelosia devono aver preso il controllo delle sue azioni, e ha deciso di affrontarla direttamente. Sappiamo già cos'è successo dopo, e come Sylvia sia finita nel lago.

- E Bob? Cos'è successo a Bob?

Per il detective Mason quella era la parte più facile della storia: - Bob? Bah, entrare nell'edificio dall'altro lato della rete è facile: c'è un codice che apre il portone, e Sylvia lo conosceva senz'altro dal periodo in cui lavorava con gli agenti immobiliari. Deve aver dato il codice a Bob, ma poi lui deve aver trovato il passaggio nella griglia chiuso.

- Chiuso?

- Esatto, Lester deve esserselo chiuso dietro le spalle quando è rientrato a casa dopo essersi sbarazzato del corpo di Sylvia: la serratura è automatica.

- Va bene, allora Bob ha pensato che lei avesse cambiato idea, e se ne è andato. Perché non ha chiamato la polizia qualche giorno dopo, quando ha letto sui giornali che lei era sparita? O dopo qualche giorno in cui non aveva sue notizie, e non riusciva a mettersi in contatto con lei?

- La notizia era apparsa solo sui giornali locali, e sulla sezione locale del New York Times, quindi lui non poteva saperne nulla se era già rientrato a Londra. E alla sua altra domanda risponderei che in fondo Bob aveva fatto completamente perdere le tracce di sé già anni prima: perché adesso avrebbe dovuto cercare di rimettersi subito in contatto con lei? Non voglio mettere in dubbio i suoi sentimenti nei confronti di Sylvia, ma in ogni caso l'uomo non mi sembra molto comunicativo.

- Mi sono quasi dimenticato di dirglielo - Il detective Mason aggiunse ad un tratto - I miei ragazzi al Distretto hanno verificato tutti i ristoranti e gli hotel di Southampton: nessuno aveva il nome di Sylvia Fischer tra i clienti dal 18 al 22 luglio dell'anno scorso.

- Magari ha dato un altro nome: sono sicuro che i direttori degli hotel negli Hamptons sono abituati alla gente in cerca di privacy, specialmente se arrivano all'hotel con qualcuno che non è la loro moglie o il loro marito.

- Per questo abbiamo anche mostrato a tutti la foto di Sylvia, ma ancora una volta nessuno si ricorda abbastanza chiaramente di lei.

- E questo le sembra strano o inaspettato? Non so quante persone un direttore di hotel possa vedere in un anno: come potrebbe ricordarsele tutte? - Il dottore si disse che lui non aveva una memoria eccellente.

- Ha ragione, non è per niente strano: tutti gli hotel hanno ospitato molte coppie in quegli stessi giorni, e Sylvia e Bob potrebbero essere una di queste. Qualcuno ha detto che il viso di Sylvia gli sembrava familiare, ma nessuno era sicuro.

- E quella sarebbe la casa? - Il dottor Williams chiese dopo un po', indicando una villa enorme sul lato destro della strada.

Il detective guidò lentamente nel vialetto e parcheggiò di fronte alla casa: era una bellissima villa sulla spiaggia.

Mason bussò alla porta d'ingresso: - Buongiorno, c'è la signora Matthews? - Chiese alla cameriera che aveva aperto - Sono il detective Mason, NYPD divisione criminale, e questo è il mio collega dottor Williams: la signora Matthews ci aspetta.

- Infatti - Una giovane donna si era avvicinata alla porta per dire alla cameriera che tutto era sotto controllo - Benvenuto Detective, Dottore.

Barbara Matthews aveva un sorriso sorprendente e amichevole: il dottor Williams capì subito perché Sylvia Fischer le era così legata. E la vista sul mare che si coglieva dal portico del soggiorno era assolutamente insuperabile.

- Signora Mattehws, come le dicevo al telefono vorremmo farle qualche domanda su Sylvia Fischer - Iniziò il detective - Specialmente sul breve periodo che ha passato qui in casa sua l'anno scorso, tra il 14 e il 18 luglio.

- Mi ricordo benissimo di quei giorni, Detective - Rispose Barbara Matthews.

- Perfetto, per caso si ricorda anche di qualcosa di insolito in Sylvia Fischer mentre era qui? Le sembrava preoccupata? Aveva dei problemi?

La signora Matthews rifletté in silenzio per qualche secondo, una mano appoggiata sul mento.

- Non credo - Disse infine, scuotendo lentamente la testa - Mi sembrava perfettamente normale. Andava tutto benissimo: durante il weekend c'era qualche persona in più, ma tutti i mariti sono ripartiti la domenica sera, e siamo rimaste soltanto lei ed io, ed un altro paio di mie amiche. Abbiamo passato molto tempo insieme, Sylvia ed io: passeggiavamo sulla spiaggia, andavamo al mercato, leggevamo. Sembrava molto serena. Poi il mercoledì se ne è andata.

- Ci può dire qualcosa di più su quel mercoledì mattina?

- Senz'altro Detective, qualsiasi cosa pur di esserle di qualche aiuto! Eravamo tutte in veranda, in una meravigliosa giornata di sole e vento: la combinazione perfetta. Mi sembra che fossero le dieci o le undici di mattina: eravamo tutte vestite e pronte per una passeggiata sulla spiaggia, e stavamo facendo colazione. Il vento era abbastanza forte, e ad un certo punto una folata più forte delle altre ha spalancato il giornale sul tavolo; non mi ricordo cosa ci fosse sulla pagina alla quale si era aperto, ma Sylvia sembrava interessata e aveva iniziato a leggere un articolo. Credo che abbia letto tutta la pagina, perché ha passato un po' di tempo con il giornale in mano, aperto alla stessa pagina, quasi senza muoversi. Quando ha finito di leggere ha richiuso il giornale, l'ha tenuto in mano ed è rientrata: "Faccio una telefonata a casa, per vedere se va tutto bene", ha detto.

- Ha notato qualcosa a quel punto? Pensa che la notizia sul giornale possa aver influenzato Sylvia in qualche modo? - Il dottore era curioso.

- Non so signore, non mi ricordo bene cosa ci fosse su quella pagina, quindi non so se fosse qualcosa che poteva interessarla o preoccuparla.

- Non si preoccupi signora Matthews - Il detective volle rassicurarla - Per caso si ricorda se Sylvia ha usato il proprio cellulare o uno dei telefoni fissi in casa, per fare la sua telefonata?

- Non so neanche se avesse il cellulare con sé sinceramente, lo usava appena. Odiava l'idea di essere sempre rintracciabile, di avere come un filo invisibile legato intorno al polso, che chiunque avrebbe potuto tirare a piacere.

- Va bene - Rispose il detective - Si ricorda per caso cosa ha fatto o detto Sylvia dopo la sua telefonata?

- Ha detto che sua figlia non stava bene, e che la bambinaia pensava che sarebbe stato meglio se Sylvia fosse tornata a casa, e quindi sarebbe rientrata.

- Le è sembrato insolito? - Chiese il dottor Williams.

- Oh no purtroppo, Rebecca è spesso malata, la sua salute è sempre una preoccupazione. Quando è nata aveva qualche complicazione cardiaca, e ha sempre bisogno di molte attenzioni; per questo hanno sia una cameriera che una bambinaia per tutto il giorno, anche se Sylvia aveva deciso di non tornare al lavoro. Non direi che succedeva spesso, ma mi ricordo di qualche altra volta in cui Sylvia ha dovuto correre a casa per occuparsi di Rebecca.

- Le sembrava preoccupata per sua figlia? - Chiese il dottore.

- Era sempre preoccupata per lei: come dicevo, Rebecca purtroppo non è molto fortunata dal punto di vista della salute.

Il dottor Williams rifletté a lungo su questo punto: in fondo era normale, Sylvia Fischer restava pur sempre una madre, e l'istinto materno di protezione era forse ancora più forte della depressione e delle frustrazioni. Ricordò le sue parole: era pronta a lasciare Rebecca, ma l'avrebbe affidata alle persone che l'amavano e che si sarebbero sempre occupate di lei.

- Cos'è successo poi? - Il detective voleva sapere il resto della storia.

- L'ho aiutata a preparare le sue cose, per poter passare qualche altro minuto insieme a lei: non aveva portato molto, le piaceva viaggiare leggera. Mi ricordo che le ho proposto di accompagnarla in macchina alla stazione degli autobus, che è giusto a qualche minuto da qui, ma non voleva saperne: diceva che voleva camminare.

- Non era sorpresa, signora? - Le chiese il detective, strizzando gli occhi.

- Lo ero, e le ho detto di non essere sciocca: sono solo pochi minuti in macchina, ma la strada è molto più lunga a piedi! Ma niente: voleva a tutti i costi camminare, diceva che ci sarebbero voluti solo quarantacinque minuti, e che comunque il primo autobus sarebbe passato soltanto un'ora e mezza più tardi. Le ho detto che poteva restare qui ancora un po', ma lei ha risposto che ero già stata troppo gentile, e che doveva andare. Non ho insistito, e l'ho salutata alla porta d'ingresso.

- È stata l'ultima volta che vi siete viste?

- Esatto - Rispose Barbara Matthews con lo sguardo perso lontano - Le ho telefonato a casa il venerdì, un paio di giorni dopo, per chiederle se voleva tornare qui per il weekend. Ma la cameriera mi ha detto che non era in casa, quindi le ho chiesto di dire a Sylvia di richiamarmi.

- Le ha detto dov'era Sylvia?

- Catalina non è mai di molte parole, soprattutto quando si tratta degli affari privati dei suoi datori di lavoro... - La signora Matthews accennò un sorriso.

- Sylvia l'ha mai richiamata? - Il detective Mason pensò che quel punto gli sembrava importante.

- In effetti no. Le ho telefonato ancora io un paio di settimane più tardi, per sapere come stava: di solito ci parlavamo ogni settimana, più o meno. Ma mi ha detto che era alle prese con altri problemi di salute per Rebecca, e le ho risposto che poteva richiamarmi quando la piccola si fosse ristabilita, e di farmi sapere se potevo aiutarla in qualsiasi modo. Mi ha ringraziata, veramente di cuore, e mi ha detto che ci saremmo parlate molto presto. Pochi giorni dopo ho sentito che era sparita.

- Ha parlato con suo marito allora? È in rapporti amichevoli anche con lui?

- Non lo conosco altrettanto bene, Detective, ma gli ho telefonato non appena ho letto la notizia sul giornale: entrambi eravamo preoccupati per Sylvia, ed io ero così triste per lui. Non posso pensare che l'abbia uccisa lui: so che è in prigione e che voi pensate che sia stato lui, ma io sono sicura del contrario. Lui l'amava, lo so per certo, ed è una brava persona. Io ho perso una cara amica, e la tristezza mi avvolge, ma Lester sta soffrendo più di tutti qui: non solo sua moglie è morta, ma lui è persino accusato dell'omicidio. La vita è così ingiusta a volte!

Barbara Matthews cominciò a piangere sommessamente. Il dottor Williams e il detective Mason passarono qualche minuto con lei in soggiorno, cercando di confortarla. Quando più tardi lasciarono la villa si guardarono in silenzio con la stessa domanda incisa in mente: perché Sylvia aveva lasciato la casa di Barbara Matthews in tutta fretta?

CAPITOLO 25, MERCOLEDÌ 20 AGOSTO 2008

- Abbiamo la conferma da Catalina e Lucille, Doc: né la cameriera né la tata hanno ricevuto alcuna chiamata da Sylvia Fischer quella mattina, il 18 luglio 2007. Ancora più importante: la bambina non è mai stata seriamente malata l'estate scorsa. La bambinaia era assolutamente sicura, e il pediatra dei Fischer ha confermato.

Il detective Mason camminava in tondo nello studio del dottor Williams, alle prese con un altro punto poco chiaro negli ultimi giorni di vita della signora Fischer. Perché aveva mentito a tutti riguardo alla telefonata? Almeno aveva detto la stessa menzogna alla sua amica Barbara Matthews e al dottor Williams. Ma chi o che cosa aveva voluto coprire? Il detective non lo sapeva, e questo lo faceva camminare ancora più furiosamente nell'ufficio del dottore.

- Vuole approfittare del divano, Detective? Magari possiamo anche trattare qualche conflitto d'infanzia irrisolto? - Il dottore chiese con un ghigno.

Mason si fermò di colpo e guardò il dottore dritto negli occhi: - Lo sa che minacciare un ufficiale di polizia è un Reato Violento di Classe D, punibile con il carcere fino a sette anni?

155

Il dottore pensò che il detective si stesse solo prendendo gioco di lui, ma non ne fu certo finché l'investigatore non scoppiò a ridere di gusto: - Mi fa morire, Doc!

- In ogni caso - Continuò il detective - Volevo portarle una copia di questo.

Mason piazzò una busta gialla sulla scrivania del dottore e spiegò: - È una copia del New York Times del 18 luglio 2007: ne ho un'altra per me, magari tra tutti e due riusciamo a trovare qualcosa di interessante.

Il dottore aprì la busta e prese il giornale: era ancora avvolto nel cellophane, direttamente dagli archivi del New York Times.

- Devo andare ora, la polizia inglese mi ha mandato delle scartoffie che devo controllare; ci vediamo dopo Doc.

- Mi faccia sapere se c'è qualcosa di nuovo, Detective, intanto darò un'occhiata al giornale.

Il detective era sicuro che avrebbero trovato qualcosa nel New York Times. Il dottore non era altrettanto ottimista, per una volta, ma era felice di avere qualcosa da fare: il fatto che Sylvia non avesse davvero chiamato a casa quella mattina l'aveva lasciato con ancora più domande. A chi aveva telefonato? Perché aveva dovuto mentire?

Il dottor Williams aveva deciso di cominciare a leggere il giornale dal fondo, pensando che magari un colpo di vento particolarmente forte potesse aver completamente ribaltato il giornale, mostrando a Sylvia qualcosa che altrimenti non avrebbe mai notato. Aveva sfogliato le ultime pagine, quando Martin si annunciò con un lieve bussare alla porta:

- Dottor Williams, il signor Sommersville è pronto per lei.

- Grazie Martin, fallo pur entrare - Rispose il dottore.

Stava ancora ripiegando il giornale quando Thomas Sommersville entrò. L'uomo era il ritratto vivente della felicità: era migliorato a vista d'occhio nei mesi precedenti, grazie al matrimonio di sua figlia e alla nuova gioia familiare. Si era messo a viaggiare e perfino a socializzare in un club di tennis locale. Il dottore era talmente convinto dei suoi miglioramenti che aveva deciso di vedere il signor Sommersville non più di una volta al mese: i primi mesi di prova erano andati molto bene, e il dottore aveva in mente di dimettere il suo paziente nel giro di qualche altro mese.

- Buongiorno Dottore - Disse il signor Sommersville entrando nello studio - Vedo che agosto non è un mese molto frenetico, ha persino il tempo di leggersi il giornale!

Il dottor Williams sorrise: il senso dell'umorismo era uno dei migliori segni per un uomo serio come il signor Sommersville.

- Buongiorno signor Sommersville, stavo giusto leggendo una vecchia copia del New York Times, per delle ricerche che sto conducendo.

- Accetti le mie scuse allora - L'uomo tornò serio - Non volevo offenderla.

- Nessuna offesa - Il dottore rispose con un sorriso sincero - Anzi sono contento di vedere che è in vena di battute.

- In effetti mi sento proprio bene. Posso dare un'occhiata? - Concluse, indicando il giornale.

Il dottore annuì e il signor Sommersville lo ringraziò, rigirandosi il giornale tra le mani per guardarne la prima pagina e la data.

- Non è poi così vecchio, è appena dell'anno scorso. Me lo ricordo molto bene.

Il dottor Williams non aveva ancora guardato la prima pagina con attenzione, ed era curioso: - Di cosa si ricorda così bene, signor Sommersville?

- L'incidente aereo! Non se lo ricorda? - L'uomo restituì il quotidiano al dottore, il titolo che gridava sulla prima pagina:

Incidente Aereo In Brasile Fa Almeno 176 Morti
San Paolo Affronta La Tragedia Mentre A320 TAM Si Schianta Sull'Aeroporto

RIO DE JANEIRO, Mercoledì 18 luglio — Un Airbus con almeno 176 persone a bordo è finito fuori pista durante l'atterraggio martedì sera all'aeroporto principale di San Paolo, la città più grande del Brasile, e si è schiantato contro un edificio di uffici ed una stazione di servizio situate lungo l'autostrada, dando inizio ad una conflagrazione che i vigili del fuoco dell'aeroporto hanno potuto riportare sotto controllo soltanto dopo sei ore d'attività intensa.

Il governatore dello stato di San Paolo, José Serra, sulla scena, ha detto che le possibilità che ci siano superstiti tra i passeggeri e l'equipaggio, coinvolti nell'incidente e nella successiva esplosione che ha portato alla rottura dell'aeromobile in almeno due parti, sono praticamente nulle, secondo il sito internet del quotidiano locale Folha de São Paulo.

La televisione Brasiliana via cavo ha mostrato i vigili del fuoco mentre portavano via dal luogo dell'incidente svariati sacchi per cadaveri, e il signor Serra ha confermato che ci sono stati dei morti anche tra le persone che si trovavano a terra. Il volo numero JJ 3054, operato dalla linea privata brasiliana TAM Airlines, arrivava dalla città meridionale di Porto Alegre al momento dell'incidente, avvenuto poco prima delle ore 19.

Se le ipotesi del signor Serra si rivelassero corrette, l'incidente diventerebbe il peggiore della storia brasiliana. Poco dopo la mezzanotte, gli ufficiali della polizia di stato hanno confermato ai giornalisti la morte di 40 persone, ma hanno anche aggiunto che per il momento non sarebbe stato possibile determinare se le vittime fossero passeggeri dell'aereo, pedoni che camminavano per strada, impiegati dell'edificio commerciale o automobilisti che si trovavano sull'autostrada poco lontana dalla sopraelevata della pista d'atterraggio.

Le prime stime riportano 176 persone a bordo dell'aeroplano, ma l'agenzia d'informazione The Associated Press ha riportato in seguito che la linea aerea ha aumentato il numero fino a 180. Un ufficiale di sicurezza pubblica ha detto che 15 dei corpi recuperati finora erano di persone a terra, ha riportato la A.P.

- Certo che mi ricordo - Disse il dottore dopo aver letto il titolo e le prime righe dell'articolo - Ne hanno parlato per qualche giorno. Ricorda niente di specifico al riguardo?

- A dire il vero mi ricordo molti dettagli: mi piacciono gli aerei, e in qualche modo gli incidenti aerei e le investigazioni che seguono mi affascinano sempre. Mia figlia mi ha sempre preso un po' in giro per questo: quand'era una ragazzina mi diceva sempre che ero... uno svitato, credo che fosse questa la parola.

In ogni caso, non credo che le interessino i dettagli tecnici. Mi ricordo questo incidente anche perché c'era un cittadino americano a bordo, un uomo che aveva abitato a lungo a New York fino a qualche anno prima dell'incidente. Mi sono reso conto che la vita è così imprevedibile: quell'uomo non era molto diverso da molte persone che conosco, molti colleghi più giovani di me, per esempio. Da quello che mi ricordo lavorava in una banca d'affari, proprio come me; magari l'ho anche incrociato ad un certo punto! Si è solo trovato su un aereo che è caduto, e ad un tratto era tutto finito. Finito.

Mi ha fatto molto pensare alla mia vita, a Julia e al tempo che ho ancora da passare con lei: non sappiamo cosa potrebbe succederci, ci conviene approfittare di quello che abbiamo finché ce l'abbiamo. Credo di aver cominciato a guardare le cose in una prospettiva diversa, a partire da quel giorno, e magari proprio quest'incidente mi ha convinto ad aprirmi al matrimonio di Charles e Julia. E mi guardi ora - Aggiunse con un ampio sorriso - Guardi come sono felice!

Il cervello del dottore stava correndo talmente in fretta che non riusciva a tenerlo sotto controllo: - Si ricorda quando ha sentito del cittadino americano che era morto nell'incidente aereo? È stato qualche giorno dopo?

- No no Dottore, è stato lo stesso giorno: dovrebbe esserci un articolo più dettagliato da qualche parte nel giornale, dove citano il nome della persona, e qualche altro dettaglio. So che di solito i giornali ci mettono qualche giorno prima di arrivare a pubblicare la lista completa dei passeggeri, ma stavolta tutte le persone a bordo erano brasiliane, tranne quest'americano, quindi credo che le autorità brasiliane abbiano immediatamente comunicato il nome alle autorità americane. In qualche modo il New York Times ha intercettato i sussurri, come sempre. Non ricordo tutto in questo momento, ma sono sicuro che possiamo trovare l'articolo se vuole.

Il dottore voleva essere corretto con il suo paziente: - Posso cercarlo dopo - Aggiunse con un sorriso - Mi interessa molto di più ascoltarla in questo momento: come si è sentito in quest'ultimo mese? Come stanno andando le cose per lei, signor Sommersville?

Il dottor Williams era molto riconoscente alla sua abitudine di prendere appunti durante le conversazioni con i pazienti, altrimenti non avrebbe trattenuto assolutamente nulla di quanto il signor Sommersville gli aveva raccontato quel giorno. Aveva un solo pensiero per la testa: scoprire se quell'uomo morto in un incidente aereo in Brasile potesse essere in qualche modo connesso con Sylvia Fischer.

Trovò rapidamente il secondo articolo all'interno del giornale, esattamente come ricordava Thomas Sommersville:

Cittadino Americano Identificato Sul TAM 3054
Ravasio Tampara, In Passato Residente A New York,
Nella Lista Dei Passeggeri

RIO DE JANEIRO, Mercoledì 18 luglio — Il mondo intero piangerà le 176 vittime (un numero che ancora deve essere confermato dalle autorità brasiliane) del volo TAM JJ 3054 che si è schiantato ieri sera a San Paolo, ma la tragedia colpirà i Newyorchesi ancora più duramente.

È stato comunicato dalle autorità aeroportuali brasiliane e dai dirigenti di TAM che uno dei passeggeri a bordo dell'aeromobile era un cittadino americano che aveva passato la maggior parte della sua vita a New York City.

Ravasio Tampara era nato a Rio de Janeiro trentanove anni fa, e si era trasferito negli Stati Uniti con i suoi genitori quando era un bambino di pochi anni. Ha passato la maggior parte della sua vita a New York City, dove ha studiato alla Columbia University per la sua laurea di primo livello e, qualche anno più tardi, anche per il suo Master in Business Administration, che l'ha portato a lavorare nel mondo delle banche d'affari a New York. Si è ritrasferito in Brasile nei primi anni 2000, per dare inizio ad una carriera nel mondo della finanza e della gestione degli affari, riconosciuta a livello internazionale. Ravasio sarà ricordato e rimpianto da suo fratello maggiore Alfredo, avvocato nell'area di Washington D.C.

Il dottor Williams afferrò il telefono non appena finì di leggere l'articolo.

- Detective Mason?

- Doc, ero lì un'ora fa, le manco già? - Il detective era perplesso all'altro capo del telefono.

- Detective Mason, credo di aver trovato qualcosa.

- Dannazione Doc, di già? Lo sapevo: mi ruberà tutta la gloria, e mi farà licenziare un giorno!

CAPITOLO 26, GIOVEDI 21 AGOSTO 2008

- Mi sembra una follia!

Il mattino dopo la scoperta del dottor Williams, il detective Mason stava leggendo l'articolo sul New York Times per la terza volta, e non riusciva ancora a credere come certe cose nella vita possano essere assolutamente inaspettate.

- Lo so, Detective - Rispose il dottore dall'altro lato dell'ufficio dell'investigatore, al Primo Distretto dell'NYPD - Sembra veramente una follia, ma ho letto tutto il giornale due volte, e onestamente non c'è nient'altro che avrebbe potuto avere un tale impatto su Sylvia Fischer, nient'altro che avrebbe potuto farle lasciare immediatamente gli Hamptons per rientrare a Manhattan. Deve aver visto l'articolo per caso, quando la folata di vento ha aperto il giornale davanti a lei, e il nome di Ravasio deve esserle saltato agli occhi. Scommetto che non ci sono molti Ravasio negli Stati Uniti.

Devono essersi incontrati negli anni '90, magari lui lavorava con Bob, magari i due erano amici. Magari quando Sylvia ha letto l'articolo è stata immediatamente travolta da un fiume di ricordi, che le ha impedito di restare più a lungo dalla sua amica: deve essersi sentita sopraffatta dall'amore mai dimenticato per Bob, e deve aver sentito il bisogno di stare da sola per un po'. O magari ha deciso che doveva tornare a New York per vedere qualcuno dei vecchi amici, qualcuno che conosceva sia Bob che Ravasio, per piangere insieme il loro amico brasiliano. Non so, magari Ravasio è la connessione tra Sylvia e Bob che stiamo cercando da più di un anno!

- E proprio mentre Sylvia si lascia andare al ricordo di Bob per la prima volta in tanti anni, aspettando l'autobus per rientrare a Manhattan...

- Bob arriva e si siede accanto a lei sulla panchina! Ah la vita è incredibile a volte - Il dottore non smetteva di stupirsi.

- Già... Ma dobbiamo trovare la conferma, dobbiamo parlare con qualcuno che conosceva Ravasio, per essere sicuri che lui conoscesse sia Sylvia che Bob. Magari il fratello che è citato alla fine dell'articolo.

Il detective si alzò di slancio, uscì dall'ufficio e gridò in corridoio: - Jack! Devo trovare una persona, subito!

- Buongiorno signora, vorrei parlare con il signor Alfredo Tampara.

La voce di donna all'altro capo del telefono sospirò e rispose al detective Mason: - È un cliente? L'avvocato è occupato al momento.

- Non sono un cliente, sono un detective del Dipartimento di Polizia di New York. Mi lascia parlare con l'avvocato Tampara per cortesia?

- Vedo cosa posso fare.

Qualche secondo dopo, una mano maschile afferrò la cornetta: - Pronto?

- Buongiorno, avvocato Tampara, sono il detective Zachary Mason, NYPD, investigazioni criminali, grazie per aver accettato di parlare con me.

- Buongiorno Detective, come posso aiutarla?

- La metto in viva-voce, Avvocato: il mio collega, il dottor Alexander Williams, è qui con me. Vorremmo farle qualche domanda riguardo a suo fratello, Ravasio: sappiamo che è purtroppo scomparso l'anno scorso, e le facciamo le nostre condoglianze.

- Grazie Detective - Rispose l'avvocato - Cosa volete sapere su mio fratello?

- Vorremmo che lei ci parlasse dei suoi anni a New York, alla fine degli anni '90: dove lavorava, chi vedeva, chi erano i suoi amici, se può.

- Certo Detective, ma mi deve prima spiegare la ragione di questa inchiesta: mio fratello morto è sospettato di qualche attività criminale?

- Assolutamente no, Avvocato, anzi è piuttosto il contrario: stiamo indagando su un crimine che è stato commesso contro una persona che suo fratello forse conosceva quand'era a New York. Vorremmo confermare se suo fratello in effetti conosceva quella persona, e se questo può aiutarci a scoprire chi ha commesso quel crimine.

- Molto bene, se non ci sono accuse contro mio fratello allora credo proprio di potervi aiutare. Diceva che voleva sapere degli anni '90?

- Esatto Avvocato: qualsiasi cosa ricordi - Confermò il detective.

- Deve sapere che ho dieci anni in più di Ravasio, e quando studiava a New York io ero già qui a D.C. e lavoravo già come avvocato. Non avevamo amici in comune, non ci vedevamo molto: era ancora un ragazzo all'epoca.

Ha preso la laurea di primo livello nel 1990 credo, ed è andato a lavorare nella finanza in una piccola compagnia, un fondo privato. Non credo gli piacesse molto in ogni caso, perché dopo un paio d'anni ha deciso di fare un Master alla Columbia University, un MBA. Quando ha finito il suo MBA ha trovato lavoro in Merrill Lynch, doveva essere il 1994: all'epoca era la più importante banca d'affari di New York, e tutta la nostra famiglia era molto fiera di lui quando ci ha dato la notizia. Ora della fine degli anni '90 aveva accumulato una discreta fortuna, il lavoro pagava davvero bene: a quel tempo la bolla di internet stava crescendo a velocità vertiginosa, e c'erano soldi per tutti. Peccato sia durata solo qualche anno: la bolla alla fine è esplosa e molti suoi colleghi hanno perso il lavoro. Mi ricordo che aveva raccontato ai nostri genitori che lui non era stato licenziato, ma voleva comunque cambiare aria per qualche tempo, e aveva deciso di ritornare in Brasile. Poi credo si sia trasferito nell'ordine a Singapore e Ginevra, e qualche anno dopo è rientrato in Brasile. Non so perché fosse andato a Porto Alegre, se per lavoro o in vacanza, ma stava tornando a San Paolo, dove abitava in quel periodo, quando l'aereo è caduto.

- Conosceva i suoi amici degli anni in Merrill? - Chiese il detective Mason.

- A dire il vero no. Come dicevo non passavamo molto tempo insieme. Andavo a trovarlo a New York un paio di volte l'anno, ma di solito eravamo solo io e lui durante quei weekend, se non doveva lavorare, o altrimenti vedevo qualche mio amico che abitava a Manhattan. Purtroppo non ho mai conosciuto i suoi amici o colleghi.

- Magari se le dicessimo qualche nome potrebbe ricordarselo? - Il dottore voleva fare un tentativo.

- Non credo proprio, mi dispiace. Ma senza dubbio potete cercare i suoi colleghi di Merrill, e anche i suoi compagni di MBA: sono sicuro che era ancora in contatto almeno con alcuni di loro quando ha iniziato a lavorare per Merrill Lynch.

- Per caso si ricorda qualche nome?

- No Detective, mi dispiace. Senz'altro ho visto qualcuno di quei compagni di MBA alla cerimonia di laurea, ma non mi ricordo nessun nome, e probabilmente non riconoscerei le loro facce.

- Va bene Avvocato, grazie per il suo aiuto - Il detective Mason detestava perdere tempo - Possiamo ricontattarla in caso ci fosse qualcosa di nuovo?

- Senz'altro Detective, mi telefoni pure. So che non l'ho aiutata molto, ma sono sempre disponibile a rispondere alle sue domande, per quanto mi è possibile.

- Cosa ne pensa Doc, dall'alto della sua esperienza di psico-coso?

- Senz'altro non avevano una relazione fraterna molto affiatata, ma non è una cosa così insolita: dieci anni di differenza possono essere una barriera insormontabile, e capisco come possa essere difficile interagire con un ventenne quando si hanno più di trent'anni, e magari si è già sposati e con figli.

Mio fratello ed io abbiamo cinque anni di differenza, e le assicuro che non siamo sempre stati uniti. Anche oggi, da adulti, non conosco molti suoi amici, e lui non conosce molti dei miei. E stiamo anche parlando di eventi che sono successi quasi dieci anni fa: i ricordi sbiadiscono col tempo.

- Questo è vero. Secondo lei aveva veramente voglia di aiutarci? Odio parlare con gli avvocati: non sai mai cosa pensano veramente.

- Senz'altro era infastidito, ma forse semplicemente perché pensa che il suo tempo valga molto più del nostro. E non l'abbiamo neanche pagato per la consulenza legale - Terminò il dottore con una smorfia - Che facciamo ora Detective?

- Dobbiamo cercare i suoi colleghi e amici, scoprire se qualcuno di loro si chiama Bob o Robert o qualsiasi cosa di vagamente simile, e se qualcuno di loro conosceva Sylvia Fischer, anzi Sylvia Bloomshield all'epoca.

- Molto bene - Disse il dottore.

- Molto bene - Ripeté l'investigatore.

Si guardarono l'uno con l'altro per qualche interminabile secondo, il dottore con il suo sorriso stampato in faccia e il detective con un principio di preoccupazione.

- Non deve tornare in studio, Doc? - Domandò Mason alla fine.

- Sì ma non fino a questo pomeriggio: ho cancellato tutti gli appuntamenti della mattina, ho detto che avevo un'emergenza in famiglia.

- Molto bene.

- Quindi Detective, magari posso stare qui con lei per aiutarla un po' con le indagini. Magari posso aiutarla a trovare gli amici e i colleghi di Ravasio, posso fare qualche ricerca su internet.

- Magari piuttosto può continuare a leggere i diari di Sylvia Fischer, soprattutto quelli del 1999 e 2000, se ce ne sono: veda se riesce a trovare qualcosa di interessante sui suoi giorni felici con Bob. Io intanto chiederò a qualcuno dei ragazzi di aiutarmi con le ricerche: abbiamo qualcosa di un po' migliore di Yahoo per questo genere di cose...

CAPITOLO 27, GIOVEDI 21 AGOSTO 2008

"*Venerdì, 22 gennaio 1999*

Credo di amarlo. Sono abbastanza sicura di amarlo. L'amore è una cosa talmente inspiegabile, come possiamo essere sicuri di amare qualcuno se non siamo neanche capaci di descrivere cos'è l'amore e come esattamente si crea ed è percepito nel nostro cervello? Possiamo facilmente descrivere gli effetti che l'amore ha su di noi: il cuore batte più in fretta, magari arrossiamo, lo stomaco si contorce; ci sembra di volare, ci sentiamo felici solo quando siamo con la persona che amiamo, e il mondo ci sembra inutile se non possiamo stare insieme. Ma cosa vuol dire davvero? Non avevo mai amato nessuno prima d'ora, e sono abbastanza sicura che non amerò più nessun altro così: non potrei vivere senza di lui, di questo sono certa.

Credo che anche lui sia innamorato di me, il che è abbastanza figo."

"*Domenica, 9 gennaio 2000*

Ho appena passato i giorni più straordinari della mia vita. Pensavo che i giorni più belli della mia vita fossero stati quelli che abbiamo passato in Argentina a settembre, ma questa vacanza in Thailandia è stata incredibile. Le persone sono veramente uniche lì, la loro gentilezza è talmente genuina e spontanea, non avevo mai visto niente di simile, senz'altro non a New York...

Capodanno è stato incredibile: abbiamo guardato i fuochi d'artificio dalla spiaggia, e c'eravamo praticamente solo noi, la cosa più romantica che mi sia mai capitata.

Sulla spiaggia c'erano solo un po' di abitanti del luogo: famiglie di pescatori, bambini magrissimi con gli occhi così grandi e sorrisi così dolci.

E abbiamo già deciso di andare in Indonesia a marzo, non vedo l'ora! Bob dice che è anche meglio della Thailandia, e gli credo: ha viaggiato così tanto. È un uomo incredibile!

Voglio continuare a viaggiare con lui, vedere il mondo: voglio condividere con lui tutte le emozioni e le esperienze del mondo, è l'uomo della mia vita."

Sylvia Fischer era stata profondamente innamorata di Bob, e non solo come qualsiasi ventiduenne potrebbe innamorarsi di un uomo affascinante e più grande di lei: i suoi sentimenti sembravano molto maturi da quanto il dottor Williams aveva potuto leggere nei diari. Paradossalmente più maturi che nel 2007, quando aveva rincontrato Bob: il suo ultimo diario era tutto un susseguirsi di punti esclamativi e di "lo amo"; evidentemente la prima separazione da Bob doveva averla colpita più duramente ed i suoi effetti erano stati più duraturi nel tempo di quanto lei stessa avesse mai saputo.

Con un'occhiata rapida all'orologio il dottor Williams realizzò che doveva lasciare immediatamente il Distretto di Polizia se voleva arrivare in studio in orario per il suo appuntamento con Bradley Hampstead. Fortunatamente non era molto lontano: doveva solo risalire la West Broadway, attraversare Houston e continuare su LaGuardia Place fino a Washington Square Park. Sarebbe arrivato in ufficio in venti minuti.

Mentre camminava dedicò il minimo indispensabile della sua attenzione a non farsi investire dalle automobili quando doveva attraversare la strada, ma la maggior parte del suo cervello non riusciva a scollegarsi da Sylvia Fischer e dalle domande sulla sua morte che ancora restavano senza risposta. Era concentrato su quel mercoledì mattina del luglio 2007, il momento in cui lei aveva letto sul New York Times la notizia della morte di

Ravasio. Il dottor Williams e il detective Mason non avrebbero probabilmente mai scoperto a chi aveva telefonato una volta finito di leggere l'articolo: il detective aveva già contattato Verizon, la compagnia telefonica che serviva la villa di Barbara Matthews agli Hamptons, per avere i tracciati telefonici, ma si era sentito rispondere che i dati venivano conservati soltanto per un anno. Trecentosessantacinque giorni, non uno di più, non uno di meno. Il dottore e il detective erano giusto in ritardo di un mese.

Il dottor Williams si ricordò di un reportage che aveva letto su USA Today un paio d'anni prima, che rivelava come l'Agenzia per la Sicurezza Nazionale, la NSA, e il Governo degli Stati Uniti sembravano raccogliere e conservare tutti i tracciati telefonici di tutti i telefoni fissi e i cellulari negli Stati Uniti, a partire dall'11 settembre 2001. Il detective Mason aveva detto che non gli importava granché di sapere se fosse vero o no: il Governo non aveva mai confermato ufficialmente la cosa e, se anche fosse stato vero, i dati sarebbero stati usati nel contesto della lotta al terrorismo. Non c'era assolutamente nessuna speranza che la NSA desse nulla all'NYPD. Quindi alla fine non sarebbe cambiato niente.

Rassegnato a non sapere mai la verità sul quello specifico dettaglio, il detective aveva formulato alcune ipotesi. Quella che gli sembrava più ragionevole, e che raccoglieva anche il consenso del dottore, vedeva Ravasio e Bob molto amici alla fine degli anni '90, e Sylvia Fischer doveva considerare Ravasio un buon conoscente. Una volta letta la notizia della morte di Ravasio, Sylvia aveva pensato immediatamente a Bob: non soltanto si era sentita invasa dai ricordi del loro passato insieme, ma si era anche molto preoccupata per lui, che stava senz'altro soffrendo per la morte del suo caro amico. Già fragile per la situazione familiare insoddisfacente e la conseguente ricaduta nella depressione, e improvvisamente sommersa dall'onda delle emozioni dal passato, aveva deciso che doveva assolutamente trovare Bob e parlargli. Aveva quindi probabilmente chiamato qualche amico comune per chiedere i riferimenti di Bob, ed a quel punto doveva aver scoperto che lui era proprio a New York in quei giorni. Per questo aveva lasciato gli Hamptons in tutta fretta per rientrare a Manhattan. La più grande coincidenza, o forse la più grande prova che il destino stesse giocando con lei, o contro di lei, era che Bob l'aveva trovata alla fermata dell'autobus a Southampton.

Il resto era evidente per il dottor Williams, che era sempre più convinto della sua ipotesi: per un qualche motivo ancora poco chiaro, Bob aveva ucciso Sylvia Fischer e ne aveva gettato il cadavere nel lago.

Il dottore aveva camminato più velocemente del solito, ed era arrivato al suo studio qualche minuto prima dell'una di quel pomeriggio: Bradley non era ancora arrivato, e il dottor Williams utilizzò quei pochi minuti per prendersi una pausa e cercare di togliersi Sylvia Fischer dalla testa. Stava ancora guardando fuori dalla finestra, con l'immagine di un incidente aereo fissa in testa, quando qualcuno bussò alla porta. Martin annunciò che Bradley Hampstead era arrivato, e che sarebbe entrato non appena il dottore fosse stato pronto. Il dottor Williams annuì e Martin fece entrare Bradley.

Il paziente aveva in mano uno scatolone.

Il dottore ne fu sorpreso: in tutte le loro sessioni Bradley non aveva mai portato con sé più di qualche foglio di carta e, considerando l'espressione soddisfatta che si era dipinta sul suo viso una volta depositata la scatola sulla scrivania del dottore, il suo pacco doveva essere anche decisamente pesante.

La scatola conteneva diversi oggetti: uno strano vaso di creta, una grossa ciotola d'argento, e una lattina di pittura rossa. Il dottor Williams guardò Bradley ad occhi spalancati, ed aspettò che il suo paziente gli spiegasse il senso di tutta quella messa in scena.

Bradley Hampstead chiese al dottore di fargli spazio sul tavolo, e posizionò la ciotola nel mezzo. Prese poi il vaso e lo mise al centro della ciotola d'argento. Il vaso aveva la forma di una testa umana; era difficile dire se si trattasse di una testa di uomo o di donna: le caratteristiche tipiche dei due generi non erano molto chiare, né in un senso né nell'altro, visto che il naso era piccolo e le labbra molto fini. Il cranio era aperto, ma Bradley estrasse dalla scatola la parte mancante, e la posizionò sulla testa, che ora risultava completa.

Bradley spiegò che la testa rappresentava la razza umana: uomo e donna allo stesso tempo, la distinzione non contava visto che tutti contengono un po' di entrambi. Tutti hanno le stesse preoccupazioni, gli stessi sogni e le stesse paure che derivano dalla morte e dall'abbandono.

L'artista riaprì la testa e ripose la calotta superiore nello scatolone. Aprì la lattina di pittura e lentamente cominciò a versare il denso liquido rosso nel vaso a forma di testa; microscopiche gocce rosse apparirono sul volto, traspirando dai pori della pelle. Dopo un po', Bradley iniziò a versare la pittura sempre più velocemente nella testa, finché il vaso non fu completamente riempito, ed a quel punto l'artista si fermò e contemplò la sua creazione, in silenzio. La pittura traspirava sempre di più e sempre più velocemente, le gocce sempre più grosse; la testa iniziò a deformarsi sotto il peso della pittura, i lineamenti dapprima si gonfiarono lentamente e poi cominciarono ad appiattirsi. All'improvviso la testa collassò definitivamente, in una pozzanghera di materia rossa e marrone.

Il dottor Williams non sapeva cosa dire, così si limitò ad osservare Bradley. L'artista parlò di vita e morte, di abbandono e resistenza.

La morte e la paura che essa ispira sono sempre nella testa di tutti, e hanno bisogno di essere costantemente espresse ed esalate. Se uno è capace di liberarsi di loro poco a poco, lasciando microscopiche gocce traspirare dalla propria pelle, allora molto probabilmente vivrà la propria vita con una quantità decente di felicità nel cuore, e una paura sopportabile nella mente.

Se il dolore è troppo forte, e la paura della morte è troppo improvvisa, il meccanismo di traspirazione non riesce a liberare la testa dai suoi affanni, e il dolore e la paura continuano ad accumularsi. Ad un certo punto, proprio come un vaso di terracotta collassa se riempito di troppa pittura corrosiva, la persona perde il controllo di se stessa, della propria mente e del proprio cuore. E muore.

CAPITOLO 28, GIOVEDI 28 AGOSTO 2008

- È già passata una settimana!

Il dottor Williams non riusciva a credere che il tempo potesse davvero passare così in fretta: era già passata una settimana dall'ultima volta che lui e il detective Mason si erano visti, e quel giovedì mattina il dottore era ancora negli uffici del primo Distretto dell'NYPD. Il detective aveva riservato per loro la stessa sala riunioni in cui il dottore aveva già passato un po' di tempo a leggere i diari di Sylvia Fischer.

- È passata solo una settimana, Doc, lo so - Rispose l'investigatore.

- Una settimana è un tempo abbastanza lungo: che notizie ha? Ha trovato niente di interessante? Ha trovato Bob?

Mason sospirò: - Doc, mi fa morire. Per queste cose ci vuole tempo.

- Lo so, lo so Detective, ma speravo che lei potesse avere qualcosa per me, e che per questo volesse vedermi.

- Veramente è stato lei ad insistere per venire qui - Rispose il detective roteando gli occhi - Comunque, abbiamo continuato le ricerche seguendo molte piste, a partire da Sylvia Fischer. Abbiamo controllato le sue carte di credito per cercare qualche dettaglio dei viaggi che ha fatto con Bob nel 1999 in Sud America e Thailandia, ma non c'è nessuna traccia. Forse non ha pagato nulla in quelle vacanze, il che è possibile visto che Bob era più grande di lei e guadagnava moltissimo, cosa che non si può dire di lei nello stesso periodo. O forse ha pagato tutto in contanti, altra ipotesi ragionevole, soprattutto in quei paesi.

- Quindi se ho capito bene non abbiamo nessuna traccia, nessun dato su quei viaggi. Che sfortuna, perché se avessimo anche solo il nome di un hotel potremmo finalmente scoprire il nome completo di Bob, e magari trovare anche lui.

- Lo so Doc, non deve ricordarmi quanto questo sia spiacevole - Il detective a volte si lasciava amareggiare dalle osservazioni puntigliose del dottore, ma queste lo aiutavano anche a pensare più chiaramente - Non ha trovato nessun altro dettaglio nei diari? Nessun nome di hotel o almeno di luoghi in cui sono stati?

Il dottore si era posto le stesse domande: - Non c'era niente, Detective. Credo che Sylvia Fischer fosse troppo occupata a vivere la vita che aveva sempre sognato per perdere tempo a raccontarne i dettagli sul suo diario. Scribacchiava qualche impressione, qualche sentimento, ma sfortunatamente niente di più. Del viaggio in Thailandia, per esempio, dice soltanto quanto fossero belle le spiagge lì, e quanto la gente fosse amichevole, ma non fa mai parola di dove fosse esattamente questo "lì".

- Capisco - Il detective era pensieroso.

- Che mi può dire dei tabulati delle linee aeree? - Il dottore chiese ad un tratto - Le compagnie aeree dovrebbero tenere traccia di chi ha volato dove e quando, e magari condividono anche i loro dati con il Governo?

- Lo fanno, raccolgono e condividono informazioni con la Polizia di Frontiera, ma hanno iniziato a farlo sistematicamente solo nel 2002. Il 2002 è la soglia per la raccolta e gestione dei dati qui negli Stati Uniti: è molto difficile trovare qualcosa di antecedente al 2002, ma a partire da quell'anno quasi tutto è stato diligentemente catalogato e mandato al Governo. Ci sono i tracciati delle linee telefoniche, delle carte di credito, dei voli, dei numeri di sicurezza sociale: c'è tutto. L'11 settembre 2001 ha fatto cagare addosso tutti quanti.

Qualche compagnia aerea aveva iniziato a raccogliere informazioni sui passeggeri per inviarle al Governo già a partire dal 1999, ma le informazioni sono state conservate per circa sette anni, quindi anche in questo caso non siamo fortunati. I miei ragazzi hanno già cercato di rintracciare tutte le informazioni possibili, ma non c'è niente su nessun volo da New York City alla Thailandia o all'Argentina nel 1999.

- Quindi non abbiamo niente per collegare Sylvia Fischer a Bob, giusto?

- Giusto Doc, lei sa sempre come mettere le cose in chiaro. Non abbiamo niente su Sylvia Fischer, ma possiamo sempre trovare qualcosa su Ravasio Tampara che può aiutarci a trovare Bob.

- Cerchiamo di essere ottimisti: abbiamo ancora un sacco di strade da percorrere! - Aggiunse il dottore, tentando un sorriso.

- È vero, e le stiamo seguendo tutte. Abbiamo iniziato con i compagni di MBA di Ravasio: ha iniziato il suo Master nell'agosto del 1992, e ha finito nel giugno del 1994. Non sappiamo quando Bob avesse incontrato Sylvia Fischer, ma lei ne ha scritto per la prima volta nel suo diario verso la fine del 1998.

- Esatto, il primo giorno è domenica 22 novembre 1998. Non dice come si sono incontrati, dice soltanto qualcosa come "L'ho visto al bar e ho capito che volevo assolutamente parlare con lui", quindi sembra che non avessero nessun amico in comune.

- Esatto Doc, questo complica un po' le cose, ma forse Bob era in quel bar quel giorno con il suo compagno di MBA Ravasio, o con il suo collega di Merrill Ravasio.

- Esatto, abbiamo trovato qualcuno di quei compagni di MBA e di quei colleghi di Merrill di Ravasio?

- Abbiamo già parlato con la maggior parte della sua classe MBA: Columbia aveva gli indirizzi email e tutta una serie di altre informazioni sulla maggior parte di loro. E abbiamo trovato alcuni di quelli che mancavano grazie a dei controlli incrociati tra il database di Columbia e questo nuovo sito internet che è una specie di network lavorativo, come si chiama? Link-qualcosa.

- LinkedIn, mi pare.

- Esatto, LinkedIn, molto utile. Così li abbiamo trovati tutti: molti di loro si ricordavano di Ravasio, e alcuni di loro erano a New York e ancora in buoni rapporti con lui nel 1999. Abbiamo mostrato alcune foto di Sylvia Fischer a questo gruppo di persone, ma nessuno l'ha riconosciuta. Nessuno sembra averla mai vista.

- Nessuno? Quindi immagino che nessuno di loro sia Bob, giusto?

- Non sono sicuro al cento percento: Bob può chiaramente nascondersi, visto che immagina che qualcuno stia indagando sulla morte di Sylvia Fischer, anche se non siamo sicuri che sia lui l'assassino. Quindi abbiamo fatto degli altri controlli incrociati sui profili di tutti quelli che hanno detto di ricordarsi di Ravasio. Abbiamo verificato con la polizia inglese se qualcuno di questi si sia trasferito a Londra verso la fine del 2000 o l'inizio del 2001, e se qualcuno di questi sia ritornato a New York City nel luglio o nell'agosto del 2007.

- E com'è andata con questi?

- Non benissimo. Tantissima gente è scappata a Londra quando la bolla di internet è esplosa nel 2000, e alcuni di loro sono ancora là. Abbiamo controllato le carte di credito di quelli che vivono ancora a Londra, e abbiamo trovato due persone che hanno preso un aereo da Heathrow a Kennedy in luglio o agosto dell'anno scorso - Il dottore aveva già cominciato ad eccitarsi, ma il detective lo calmò subito con un gesto della mano - Ma uno di loro è partito con la moglie, quindi non credo proprio che avrebbe potuto intrattenere una relazione sentimentale con Sylvia Fischer mentre era qui in vacanza con sua moglie.

- Non crede? - Il dottore aveva imparato che gli uomini sono incredibilmente pieni di risorse quando hanno voglia di tradire le loro mogli.

- Non credo: Sylvia racconta sul suo diario le sue giornate e tutte le volte in cui ha visto Bob qui a Manhattan, e quell'uomo e sua moglie sono rientrati a Londra prima della fine di luglio, quindi non può essere lui.

Il secondo uomo non è sposato, ed è venuto qui a trovare degli amici; abbiamo interrogato gli amici qui a New York, e la polizia inglese ha parlato con il tizio lì da loro: tutti confermano che ha passato qui soltanto una settimana, e nessuno ha mai visto Sylvia Fischer.

- Quindi niente da fare.

- Niente. Ma abbiamo ancora i colleghi di Merrill Lynch: stiamo ancora verificando. Evidentemente moltissima gente è passata di lì in tutti quegli anni: Ravasio ha lavorato lì dal giugno 1994 al dicembre 2000. Merrill ci ha già mandato i registri, e migliaia di persone lavoravano nei loro uffici di New York in quel periodo, alcuni di loro giusto qualche per mese. Ma non possiamo trascurare nessun indizio, neanche il più minuscolo: dobbiamo trovare Bob, a questo punto non abbiamo nessun'altra soluzione.

- Trovato nulla su questi colleghi, Detective?

- Ancora niente: abbiamo trovato un paio di persone che conoscevano Ravasio, ma non conoscevano nessuno che si chiamasse Bob o Robert o simile. E non hanno mai visto Sylvia Fischer, o Sylvia Bloomshield.

- Abbiamo altre piste da seguire? - Chiese il dottore, sperando di rassicurare l'investigatore ricordandogli che in fondo avevano ancora delle speranze di trovare Bob.

- Abbiamo i compagni di università, ma qui le cose si complicano. Sa, ci sono molte più persone coinvolte, tutti i corsi che Ravasio ha seguito, tutte le associazioni, le feste, i club sportivi... In teoria avrebbe potuto conoscere tutti, ed essere amico di chiunque. Quindi ci teniamo questa pista per ultima, come ultima risorsa, e vediamo come va. Speriamo di finire tutti i controlli in un paio di settimane, e di riuscire finalmente a prendere Bob per il collo.

Il detective attraversava un brutto momento: non sembrava esserci nessuna connessione tra Sylvia Fischer e Ravasio Tampara, niente che potesse condurlo a Bob. Non era ancora sicuro se Bob o Lester Fischer fosse responsabile della morte di Sylvia, ma Lester era ancora in prigione: ufficialmente era ritenuto colpevole, tutte le prove contro di lui. Il detective voleva confermare che Lester fosse in prigione per un buon motivo, o altrimenti l'avrebbe lasciato andare. Un anno prima, la polizia aveva accettato l'idea che Sylvia fosse scappata a Londra con Bob, e non si era spinta oltre con le indagini; ora le regole del gioco erano cambiate, e tutte le domande chiedevano disperatamente una risposta.

Per trovare una qualsiasi risposta dovevano trovare Bob.

- Ma ho qualcosa per lei, Doc, non l'avrei fatta venire qui per niente!

Il detective aveva ritrovato il sorriso, e prese la busta che era rimasta sul tavolo per tutto il tempo. Il dottor Williams si rese conto solo a quel punto che non l'aveva neanche notata, concentrato com'era a seguire i pensieri del detective Mason.

Il detective aprì la busta e allungò qualche foto al dottore. Le foto ritraevano un cofanetto per gioielli in pelle nera.

- Cos'è questo?

- Si ricorda la piccola chiave che Sylvia Fischer portava al collo, come un ciondolo attaccato ad una collana, quando l'Ente per la Tutela del Parco ha trovato il corpo nel lago? Questo cofanetto si apre con una chiave identica.

- Quindi questo cofanetto è di Sylvia Fischer, e ne portava la chiave al collo?

- Non esattamente, Doc: quello nelle foto è lo stesso modello, vede, lo stesso tipo di cofanetto. Sono prodotti da Tiffany. Abbiamo confrontato la chiave al collo di Sylvia con le chiavi che sono vendute insieme a questi cofanetti, e sono proprio dello stesso tipo. Ovviamente non sono identiche, perché ogni chiave apre una sola scatola, ma la chiave è la stessa.

- Chiarissimo, e dov'è il cofanetto di Sylvia?

- Ecco, lo sapevo che mi avrebbe fatto questa domanda, Doc... Non lo sappiamo. Abbiamo cercato ancora in casa dei Fischer, e anche in casa dei genitori di Sylvia. Scommetto che Valerie Bloomshield non ne era affatto contenta, ma che ci vuole fare... In ogni caso, non l'abbiamo trovato.

- Magari suo marito o sua madre l'avevano già visto prima, e potrebbero dirci dove Sylvia potrebbe averlo nascosto, e soprattutto cosa poteva contenere. Pensa che fosse solo una scatola di gioielli?

- Nessuno ne sa niente Doc, e anch'io non ne ho la più pallida idea. E lei, ha mai visto questo cofanetto? Sylvia gliene ha mai parlato?

- Non l'ho mai visto, e onestamente non vedo perché Sylvia avrebbe dovuto parlarmi di un cofanetto per gioielli durante uno dei nostri incontri. Magari è un regalo di Bob, non so, ma non mi sembra che lei mi abbia mai parlato di regali ricevuti da Bob. Perché dovrei saperne qualcosa?

- Perché Sylvia Fischer l'ha comprato di persona: un impiegato di Tiffany se la ricorda perfettamente. E abbiamo anche il dettaglio della sua carta di credito: l'ha comprato l'8 agosto 2007.

- Appena qualche giorno prima di sparire!

- Non solo, l'ha comprato esattamente il giorno prima di venire da lei per l'ultima volta: l'8 agosto era un mercoledì, e Sylvia aveva un appuntamento nel suo studio il giorno seguente, giovedì 9 agosto.

- Che senso ha tutto questo? Potrebbe essere un messaggio per me, in qualche modo? - Chiese il dottore, più stupito che mai.

- Non so, è lei lo psico-coso, Doc.

CAPITOLO 29, MERCOLEDÌ 17 SETTEMBRE 2008

Settembre è sempre un mese straordinario a New York: le giornate sono calde e piene di sole, ma neanche lontanamente roventi come in luglio o agosto; la città è più calma, perché i bambini sono già tornati a scuola dappertutto nel mondo, e i turisti sono un animale un po' più raro in città; le foglie iniziano a colorarsi di giallo e marrone, e Central Park si mette in posa per le foto da cartolina. Quel settembre era particolarmente spettacolare: un vento leggero ed un sole brillante avvolgevano ogni giornata, e il dottor Williams era sempre più grato al suo appartamento per essere così vicino al parco. Le sue corse mattutine erano un vero piacere, e passare i weekend a leggere e passeggiare nel parco era la migliore e la più facile delle decisioni.

Il dottor Williams stava camminando verso il suo studio quella mattina e, come quasi ogni mattina nelle due settimane precedenti, si era reso conto che un altro giorno era passato senza nessun aggiornamento dal detective Mason. Sapeva che l'investigatore era impegnato nelle ricerche di un punto di contatto tra Ravasio Tampara e Sylvia Fischer, che potesse condurlo a Bob, ma il fatto che non avesse avuto niente di nuovo da raccontargli per quasi tre settimane stava iniziando a far preoccupare il dottore. Si ripromise che avrebbe chiamato il detective quel giorno stesso: non voleva essere escluso dalle indagini.

Quando arrivò nel suo studio, trovò Martin e il signor Sommersville immersi in una conversazione nella sua sala d'attesa: Thomas Sommersville era il suo primo paziente della giornata, e apparentemente lo stava già aspettando.

- Buongiorno Dottore - Martin fu il primo ad accorgersi di lui all'ingresso.

- Buongiorno Martin, buongiorno signor Sommersville, come state?

- Sto benissimo Dottore, grazie mille. Il suo assistente Martin mi stava intrattenendo raccontandomi di tutte le conferenze ed i congressi internazionali ai quali ha dovuto partecipare in queste ultime settimane. Affascinante!

Il dottor Williams guardò Martin strizzando gli occhi con uno sguardo che diceva "Non dovresti affrontare troppo l'argomento con i pazienti: qualcuno potrebbe scoprire che non è vero. Sarebbe imbarazzante: mentire ai miei stessi pazienti!". Martin aveva un'espressione colpevole in viso: "Lo so, non dovrei trattare troppo questo argomento con i pazienti, ma lui sapeva che lei era stato via per qualche tempo dopo l'ultima volta in cui vi eravate visti, e mi ha chiesto com'era andata. Ho dovuto attenermi alla versione ufficiale!"

- Lei è troppo gentile signor Sommersville - Rispose il dottore, dopo un po' - Ma le assicuro che non è nulla di troppo affascinante.

Thomas Sommersville sorrise al dottore, e lo seguì nel suo studio.

- Come si sente, signor Sommersville? - Il dottore chiese al suo paziente, mentre con un gesto della mano gli mostrava il divano e appendeva la giacca all'appendiabiti all'ingresso dell'ufficio.

- Mi sento veramente benissimo, Dottore, non c'è nient'altro da dire!

- Speravo di sentirla rispondere in questo modo, signor Sommersville. Come vanno le cose con Julia?

- Anche lei sta benissimo, la vita matrimoniale la fa diventare più bella ogni giorno che passa. Mi sembra che la sua felicità le traspiri dalla pelle, e che tutta la sua persona risplenda, non so come altro spiegarglielo.

- È abbastanza chiaro, non si preoccupi - Il dottore rispose con un sorriso.

- Ed ha anche ripreso le lezioni in università: l'anno accademico è appena ricominciato, e Julia mi sembra più motivata che mai. Credo che voglia dedicarsi all'università, finire gli studi, trovare un lavoro... Vuole cominciare la sua vita, la vera vita, con Charles: per ora vivono insieme nell'appartamento di lui, ma lei sente di non contribuire alla famiglia. A volte mi dice che non vede l'ora di trovarsi un lavoro per non dover più dipendere da nessuno. La capisco benissimo: anch'io ero così alla sua età.

- E lei come si sente, signor Sommersville: capisco che la felicità di sua figlia sia anche la sua, ma come guarda al futuro? Pensa ancora che lei la lascerà da solo ad un certo punto?

- No, mi sono anzi reso conto che non avevo paura di restare da solo, avevo paura di sentirmi escluso dalla sua vita, dalle sue scelte. Ma lei resterà sempre mia figlia, e so che io sarò sempre il suo pilastro portante. Continuerà a chiedermi aiuto quando avrà dei dubbi o vorrà dei consigli, e ne chiederà anche a suo marito ovviamente: credo che anche lui rispetti me e il mio giudizio. È un ragazzo molto sveglio! E tutto il resto non conta: potrà andare a vivere ovunque nel mondo, ma non importa; potrà non essere sempre d'accordo con me su tutto, già oggi non lo è, ma è parte del gioco, è parte del lavoro di genitore.

- Mi sembra proprio che lei abbia centrato il punto in pieno - Il dottor Williams era genuinamente orgoglioso del suo paziente - Sono sicuro che sta facendo un lavoro eccezionale con Julia, è molto fortunata ad averla al suo fianco.

Per il dottore era un piacere vedere quanto lontano fosse andato il signor Sommersville in quegli ultimi mesi: aveva imparato a spostare le sue paure verso qualcosa di più facile da gestire e da combattere, dalla paura di essere lasciato da solo alla paura di essere escluso dalla vita di sua figlia. Il dottor Williams non conosceva Julia Sommersville, ma era sicuro che lei non avrebbe mai escluso suo padre dalla sua vita, e che anzi avrebbe sempre contato su di lui.

Il dottore si disse che Thomas Sommersville non aveva decisamente più bisogno di lui.

Qualcuno bussò alla porta: - Entra pure!

Martin entrò nello studio del dottor Williams: - Mi dispiace disturbarla,

Dottore.

- Non preoccuparti Martin, sto solo rileggendo qualche vecchio appunto, non mi disturbi affatto.

- Ottimo, ho in linea il detective Mason, posso trasferirlo su questo telefono? - Martin indicò il telefono sulla scrivania del dottore - O preferisce quello nella stanza sul retro?

Il dottore sorrise, ricordando come si era ripromesso di telefonare all'investigatore quel giorno stesso, e gettò un'occhiata all'orologio appeso alla parete di fronte a lui: - Ho ancora un po' di tempo prima del prossimo paziente, puoi trasferirlo direttamente qui.

- Perfetto, grazie Dottore.

Martin lasciò la stanza, e il telefono suonò dopo qualche secondo: - Pronto?

- Come sta Doc?

- È da molto che non ci sentiamo Detective, stavo cominciando a preoccuparmi: pensavo che le avessero sparato! Come sta? – Il dottore mascherò a fatica una risata.

- Senz'altro sperava che mi avessero sparato! E invece no, sono ancora qui. Volevo giusto aspettare di avere qualcosa prima di chiamarla, e finalmente è il momento buono.

- Proprio quello che volevo sentire! Mi dica tutto.

- Dunque, abbiamo continuato le ricerche di cui le parlavo l'ultima volta che ci siamo visti: abbiamo contattato tutte le persone che hanno lavorato in Merrill Lynch tra il 1994 e il 2000, e abbiamo chiesto a tutti se conoscevano Ravasio. Abbiamo ristretto il cerchio intorno ai colleghi con i quali era più in contatto, circa trenta o quaranta persone, e ne abbiamo controllato tutti i dettagli. Due di questi si chiamano Bob o Robert, ma non abbiamo trovato nessuna connessione tra questi e Sylvia Fischer: nessuno sembra conoscerla, nessuno ne ha riconosciuto la foto, nessuno ha transazioni bancarie o movimenti aerei che potrebbero combaciare con l'itinerario di Bob in luglio e agosto dell'anno scorso.

Abbiamo fatto gli stessi controlli sugli studenti iscritti alla Columbia tra il 1986 e il 1990: come può immaginare, questo passaggio è stato ancora più difficile. Non potevamo sperare di rintracciare e controllare tutti quelli che conoscevano Ravasio, quindi abbiamo selezionato gli studenti iscritti ai corsi che lui aveva seguito, e da qui abbiamo cercato di identificare le persone con le quali probabilmente passava la maggior parte del suo tempo, all'epoca. Qualcuno era ancora in contatto con lui verso la fine degli anni novanta, ma nel 2001 ha lasciato gli Stati Uniti, e ha perso i contatti più o meno con tutte le persone che conosceva a New York.

- Quindi continuiamo a non sapere assolutamente niente di Bob. Come può essere? - Il dottore era sempre più perplesso.

- Doc, tenga presente che abbiamo solo seguito le tracce istituzionali, il lavoro e la scuola, ma ci sono tantissime altre circostanze in cui due uomini possono stringere un'amicizia. Magari Bob non lavorava in Merrill e non aveva studiato con Ravasio, ma era invece una conoscenza casuale, come il tizio con cui ci si ritrova a correre la mattina, o il tizio che si vede sulla metropolitana tutti i giorni tornando a casa dal lavoro, e di cui in qualche modo si diventa amici.

- E secondo lei Ravasio non avrebbe mai introdotto Bob nel suo circolo di amici dell'università o del lavoro? Non sarebbero mai usciti a bere qualcosa un sabato sera? Non sarebbero mai andati a cena con altri amici e con le loro ragazze? Com'è possibile che nessuno abbia mai visto Sylvia?

- Non è poi così insolito, gli uomini spesso hanno una doppia vita: durante la settimana lavorano, e nei fine settimana si occupano delle loro donne o delle loro famiglie. Capita molto spesso soprattutto a quegli uomini che vivono il lavoro in maniera molto intensa: non faccio fatica ad immaginare Bob come un recluso durante la settimana, se si escludono le corse mattutine con Ravasio, per esempio. Ma durante il weekend il lavoro non doveva neanche esistere per lui: il suo tempo diventava solo suo. E di Sylvia, finché è durata.

- Quindi Bob davvero non vedeva nessun altro nei weekend, come il cugino di Sylvia, Marvin, mi ha detto. Per questo nessuno conosceva Sylvia.

- Esatto Doc. E magari lui era anche geloso di lei, e non voleva condividerla con nessun altro. Chi lo sa.

- Ha ragione, anche questo succede a volte. Quindi cosa ci resta? Cosa facciamo adesso? E in tutto questo, come faceva Ravasio a conoscere Sylvia? - Il dottor Williams era preoccupato di come il detective Mason avrebbe potuto rispondere alla sua domanda.

- Abbiamo un'ultima pista da seguire - Rispose l'investigatore, e il dottor Williams sospirò di sollievo - E il mio istinto mi dice che potrebbe essere la volta buona.

Abbiamo fatto dei controlli incrociati sulle carte di credito di Sylvia Fischer e di Ravasio Tampara, e abbiamo trovato un punto di contatto, una possibile connessione: un ristorante in Broad Street.

- Un ristorante? - Il dottor Williams si sentiva un po' perso a quel punto.

- Esatto, sembra che Ravasio facesse colazione nello stesso posto tutte le mattine dei giorni feriali, più o meno alla stessa ora: le ricevute sono tutte intorno alle 7:30. E sulla carta di credito di Sylvia risulta qualche pagamento nello stesso ristorante, soltanto durante il weekend, in mattinata o verso l'ora di pranzo. Forse Ravasio andava lì ogni mattina con il suo amico Bob? E forse anche Sylvia ci è andata una volta, magari a fare colazione con un'amica, ha incontrato i due uomini, e si è innamorata di Bob all'instante? E magari Sylvia ha continuato a portare Bob in quello stesso posto, di tanto in tanto durante i fine settimana, per onorare il luogo in cui era nato il loro amore?

Il cuore del dottor Williams aveva iniziato a correre più veloce: - Magari abbiamo qualcosa qui! Possiamo andare a chiedere al ristorante?

- Si calmi, Doc - Rispose Mason con un sorriso - Ci sono già stato e ho parlato con il gestore. Si occupa del locale dal 1997, ma non lavora mai in quell'orario. C'era però una cameriera: ha lavorato nel ristorante per una decina d'anni, ed era lì ogni giorno, dal lunedì alla domenica (ho pensato anche io che fosse un carico di lavoro assolutamente esagerato), dalle 6:30 alle 15:30. Se Sylvia è mai stata in quel posto con Bob, la cameriera potrebbe ricordarsi di lei.

- Benissimo! Ha già parlato con lei?

- L'ho chiamata proprio per questo, Doc: voglio che lei venga con me per parlare con la cameriera, insieme.

- Senz'altro! Venire con lei, dove?

- Ecco, non ho finito la storia. Un paio d'anni fa, la cameriera ha lasciato il ristorante e ha lasciato anche New York, per seguire suo marito che aveva avuto un'offerta di lavoro altrove. Il gestore del ristorante non ha il suo numero di telefono o un indirizzo preciso, mi ha solo detto il suo nome: Wendy Jones.

- Mi sembra un po' comune come nome, pensa di riuscire a trovarla? - Il dottore non si sentiva molto fiducioso stavolta, dopo aver passato mesi e mesi a cercare delle prove senza alcun risultato.

- Ci può scommettere! I miei ragazzi hanno già trovato due persone con lo stesso nome nella città in cui la ragazza abita al momento: dobbiamo giusto andare lì e parlare con queste due donne, sperando che una di loro sia la Wendy che cerchiamo.

- Fantastico! - Il dottor Williams si sentiva molto fiero del detective Mason.

- È pronto a partire domattina? Credo che l'aereo sia alle 10.

- L'aereo? Aspetti un attimo Detective, pensavo che la ragazza avesse lasciato New York City, non lo Stato di New York! Dove abita adesso?

- Ah non gliel'ho detto? Deve essermi sfuggito - Il Detective Mason prese un respiro e cercò di trattenere una risata, in attesa della reazione del dottor Williams:

- Andiamo ad Anchorage, Alaska.

CAPITOLO 30, GIOVEDI 18 SETTEMBRE 2008

Chi diavolo lascerebbe New York per andare a vivere in Alaska?

Il dottor Williams non riusciva a smettere di ripetersi quella domanda la mattina seguente, mentre cercava di decidere cosa mettere in valigia per due giorni ad Anchorage nella seconda metà di settembre. Aveva controllato la temperatura attuale in città, dieci gradi, e aveva cercato in rete le temperature medie mensili della stagione; aveva fatto la media tra le massime e le minime di settembre e ottobre per farsi un'idea di cosa indossare. I suoi calcoli dicevano tra gli zero e i dieci gradi: non particolarmente esaltante.

Per un momento invidiò Leslie Connors, che al momento era in viaggio di nozze da qualche parte alle Bahamas. Aveva chiamato lo studio del dottore un paio di giorni dopo il matrimonio, per ringraziarlo di tutti i suoi consigli e il suo aiuto. Apparentemente era riuscita a gestire in qualche modo le richieste assurde di sua madre e di sua suocera per l'organizzazione del matrimonio, combinando il tutto in un risultato finale che potesse essere anche di suo gradimento. Aveva detto che la cerimonia e la festa erano state assolutamente perfette, e che secondo lei era tutto grazie al supporto psicologico che il dottor Williams le aveva offerto negli ultimi mesi. La sua voce al telefono gli era sembrata molto felice e rilassata: forse un altro paziente non avrebbe più avuto bisogno di lui, in futuro.

Il dottor Williams buttò in valigia un altro paio di maglioni e gli scarponcini da neve, tanto per non correre rischi, e corse giù dalle scale per prendere un taxi sull'Ottava Strada: doveva incontrarsi con il detective Mason all'aeroporto di LaGuardia alle otto e mezza.

Quando il dottore arrivò al terminal, il detective lo stava già aspettando: aveva soltanto un piccolo bagaglio a mano, una specie di borsa per il computer, e niente di più. Il dottore guardò la sua enorme valigia e si sentì un completo idiota: "Ottimo inizio", pensò.

- Doc, pensavo che saremmo tornati domani: vuole prendersi una vacanza? Vede, non voleva neanche venire, ma sono sicuro che l'Alaska le piacerà.

Il volo fu abbastanza lungo: per andare da New York ad Anchorage bisogna attraversare tutti gli Stati Uniti, da est a ovest, e poi risalire verso nord fino all'Alaska. Dovettero cambiare aereo a Minneapolis, Minnesota, e volare verso nord-ovest sopra il Canada e verso Anchorage: atterrarono in Alaska dopo circa dieci ore di volo.

Il dottor Williams non era mai stato in Alaska, e rimase estasiato dalla bellezza della regione: l'aeroporto di Anchorage è sul mare, e durante l'atterraggio il dottore poté ammirare la costa, verde e marrone d'alberi, e l'isoletta nella baia di fronte alla città. Per qualche strana coincidenza, l'isola si chiama Fire Island, proprio come l'isola di fronte a Long Island, a New York.

La scoperta del paesaggio unico dell'Alaska continuò in macchina, dall'aeroporto al centro città: il dottore ammirò le montagne, già imbiancate di neve, i fiumi, e i laghi risplendenti. La natura sembrava selvaggia e docile allo stesso tempo.

- Doc, ci fermiamo all'hotel giusto per qualche minuto per lasciare i bagagli, e poi andiamo a cercare la prima Wendy Jones: fa la cameriera in un bar nella zona nord di Anchorage, vicino alla Laguna di Westchester.

Dopo qualche minuto erano di ritorno nell'auto a noleggio.

- Posso farle una domanda Detective?

- Dipende dalla domanda, ma ci provi Doc - Rispose Mason con un ghigno.

- Perché siamo dovuti venire fin qui per parlare alle due donne? Voglio dire, lei e i suoi ragazzi non potevate giusto far loro una telefonata per capire quale delle due è la persona che stiamo cercando? E magari chieder loro direttamente se conoscevano Sylvia Fischer e Bob?

Il dottore sospirò: - In questi casi vogliamo sempre parlare di persona alla possibile fonte di informazioni: si crea un legame, li aiuta a ricordare più dettagli. E non avevamo tutte le informazioni ieri sera: i miei ragazzi mi hanno appena mandato gli indirizzi e i numeri di telefono dei posti di lavoro delle due donne, dove dovremmo trovarle a quest'ora.

- E immagino lei non volesse chiedere al Dipartimento di Polizia dell'Alaska...

- Ci può scommettere, il caso è mio! Preferisco di gran lunga attraversare tutti gli Stati Uniti e il Canada e venire qui di persona. Comunque credo che siamo arrivati.

Il detective parcheggiò davanti al bar, un grande locale dall'aspetto accogliente. Una volta entrati, si presentò come un detective della polizia, e chiese del responsabile.

- Come posso aiutarla, Signore? - Domandò una giovane donna al detective Mason.

- Buongiorno signora, sono il detective Zachary Mason. Avrei bisogno di parlare con uno dei suoi dipendenti, che potrebbe avere delle informazioni per noi.

La donna sembrò sorpresa, ma più che pronta ad aiutare nelle indagini.

- Vorremmo parlare con Wendy Jones.

- Senz'altro, gliela mando subito - La donna lasciò il detective e il dottore per avvicinarsi ad una delle cameriere, impegnata a portare la cena ad uno dei tavoli. La seconda donna raggiunse i due uomini dopo qualche secondo.

- Come posso aiutarla, Signore? Sandra mi ha detto che voleva parlare con me.

- Esatto. Sono il detective Zachary Mason, NYPD, e questo è il mio collega, dottor Alexander Williams.

- Siete venuti fin qui da New York! È un bel viaggio, Detective.

Il detective sorrise: - Eh sì, ma volevamo davvero parlare con lei di persona: spero che possa aiutarci. Cerchiamo una Wendy Jones che abitava a New York, e si è trasferita qui ad Anchorage un paio di anni fa. Per caso è lei?

- Ah mi dispiace tantissimo Detective - Rispose Wendy, genuinamente contrita - Ma non sono io. Deve essere l'altra Wendy Jones! Sa Detective, Anchorage è una grande città, ma so per certo che un'altra Wendy Jones si è trasferita qui qualche tempo fa: non abita molto lontano da casa mia. Lo so perché qualche volta ricevo la sua posta per sbaglio. C'è qualche problema? Non vorrei essere scambiata per una criminale: non ho mai fatto niente di illegale in vita mia!

- Non si preoccupi signorina Jones - Il detective Mason rispose con un altro sorriso - L'altra Wendy non ha fatto niente di male, anzi potrebbe avere delle informazioni importanti su un caso su cui stiamo lavorando a New York.

Wendy Jones sospirò di sollievo: - Ne sono molto felice Detective, e spero che lei possa aiutarvi.

- Spero di scoprirlo presto - Rispose l'investigatore - Grazie per il suo aiuto, signorina Jones, e ci scusi per il disturbo.

- Nessun problema, mi ha fatto piacere aiutarvi.

Mason e il dottor Williams lasciarono il bar e rientrarono in macchina.

- Speriamo che la prossima si quella giusta - Disse il dottore.

- Deve esserlo, Doc. La prossima è un'assistente sociale in un centro qui in città. Vede, per questo avevo l'altra Wendy Jones come prima scelta: la cameriera era l'opzione più logica. Ma niente è come dovrebbe in questa storia, quindi neanche una cameriera diventata assistente sociale dovrebbe più stupirmi.

Il detective inserì l'indirizzo nel navigatore satellitare, e la voce metallica li guidò verso il Centro per lo Sviluppo Umano, non lontano dal bar. Dopo neanche dieci minuti, il detective Mason stava parcheggiando l'automobile di fronte al Centro.

Il dottore sperò vivamente che quella fosse la Wendy Jones che stavano cercando, e che lei potesse aiutarli a scoprire la verità su Sylvia Fischer e Bob.

- Buongiorno - Un uomo li accolse all'ingresso del Centro - Cosa posso fare pere voi?

- Buongiorno, sono il detective Zachary Mason, e questo è il mio collega, dottor Alexander Williams. Vorremmo parlare con una delle assistenti sociali che lavorano qui: si chiama Wendy Jones, per caso la conosce?

- Certo, tutti conoscono Wendy, è la migliore qui! - Rispose l'uomo con un ampio sorriso - Spero che non sia successo niente di grave.

- Non si preoccupi, è tutto a posto. Wendy potrebbe giusto avere delle informazioni su un'indagine che stiamo conducendo.

- Menomale, Detective. Perché non mi seguite nella nostra Sala per gli Incontri Famigliari, così potete parlare tranquillamente con Wendy? Vado a cercarvela.

- Mi sembra perfetto - Rispose il detective - Grazie Sam - Aggiunse poi, leggendo il nome sulla targhetta dell'uomo.

Wendy arrivò pochi minuti dopo, una giovane donna con un sorriso sincero a illuminarle il volto.

- Buongiorno Detective - Li salutò, entrando nella stanza.

- Buongiorno signorina Jones. Sono il detective Mason, NYPD, e questo è il mio collega, il dottor Williams.

- Piacere di conoscervi - Rispose lei, stringendo entrambe le mani e sedendosi di fronte ai due uomini - Siete venuti apposta da New York? Come posso aiutarvi?

- Signorina Jones, per prima cosa vorrei confermare che lei è la persona che stiamo cercando: per caso lavorava al Morris' Cafe in Broad Street, a New York?

- Sì Signore, sono io.

- Per quanto tempo ha lavorato lì? - Continuò il detective.

Wendy Jones si prese un secondo per raccogliere i pensieri: - Ci ho lavorato per quasi dieci anni, dal maggio 1996 al marzo 2006, mi sembra. Mi sono trasferita qui più o meno due anni fa: mio marito è ingegnere, e ha avuto un'ottima offerta di lavoro qui ad Anchorage. Il cambiamento da Manhattan all'Alaska è stato un po' difficile all'inizio, come potete immaginare, ma adesso la vita qui ci piace molto: tutti sono così gentili. E mi ha dato un motivo per cambiare vita: ora lavoro qui al Centro Umano, e posso aiutare veramente le persone, molto più che servendo la colazione.

- Molto bene - Rispose il detective - Allora penso proprio che lei sia la persona che stiamo cercando, e spero veramente che lei possa aiutarci. Stiamo cercando informazioni su una donna che è coinvolta nel caso su cui stiamo lavorando: si chiama Sylvia Fischer.

- Posso sapere cosa le è successo, Detective, o è un'informazione riservata? - Chiese subito Wendy.

- Vediamo prima cosa si ricorda di lei, non voglio influenzare i suoi ricordi con delle informazioni più recenti.

Wendy Jones stava riflettendo: - Il nome non mi dice niente... Non avrebbe qualche altra informazione, o ancora meglio una foto?

- Il nome di Sylvia da ragazza era Bloomshield, e crediamo che lei sia stata cliente del Morris' Cafe tra il 1999 e il 2000 - Spiegò il detective, aprendo la sua valigetta ed estraendone una busta di carta - Ho alcune foto di Sylvia che risalgono a quegli anni: lo so che parliamo di quasi dieci anni fa, ma magari se la ricorda ancora.

Il detective posizionò le foto sul tavolo, perché Wendy potesse guardarle. Sia lui che il dottore trattennero il respiro per qualche lungo secondo, aspettando che la donna dicesse qualcosa.

- Certo che me la ricordo: è stato tanto tempo fa, ma è venuta al Cafe tutte le mattine per, non so, un paio d'anni. Le ho parlato talmente tante volte!

Il dottor Williams non poteva crederci: finalmente uno spiraglio di luce!

- Tutte le mattine? - Volle precisare il detective.

- Sì Signore: veniva tutti i giorni, dal lunedì al venerdì, tutti i giorni più o meno alla stessa ora, verso le sette di mattina. E mi sembra di ricordarla anche qualche weekend, per fare colazione tardi o pranzare presto, o comunque vogliate chiamarlo: non avevamo il "brunch" all'epoca - Concluse con un sorriso.

I conti sembravano tornare: dopo che Sylvia aveva conosciuto Bob, lui aveva continuato a fare colazione nello stesso posto ogni mattina, nello stesso bar dove lei l'aveva incontrato per la prima volta con Ravasio. La sola differenza era che Sylvia aveva cominciato a fare colazione lì con Bob, e molto probabilmente era lui a pagare ogni mattina, visto che non c'erano tracce di pagamenti con la carta di credito di Sylvia nei giorni feriali.

Il dottor Williams guardò il detective Mason, domandandosi quando avrebbe fatto la domanda più importante: con chi andava al Cafe Sylvia?

- Fantastico, signorina Jones. Per caso si ricorda qualche altro dettaglio su Sylvia Bloomshield? Per esempio, veniva al bar da sola? O magari con qualcun altro? - Il detective aveva giocato tutte le sue carte, tutte le speranze erano in tavola adesso.

Wendy Jones sorrise ancora: - Certo Detective, avrebbe dovuto vederli: la più bella coppia che io abbia mai conosciuto!

Il dottor Williams lanciò uno sguardo trionfante al detective Mason: alla fine qualche risposta!

- Vuole dire che di solito era lì con un uomo, signorina Jones? - Chiese il dottore.

- Esatto, venivano sempre insieme: come le dicevo, tutti i giorni feriali, e qualche weekend.

- Si ricorda qualcosa di più specifico su di lui, magari il suo nome? - Il dottore voleva arrivare alla verità.

- Mi dispiace, sono veramente un disastro con i nomi. Ma venivano sempre al bar insieme per fare colazione molto presto: credo che lui lavorasse nei dintorni, magari alla Borsa di New York o in qualche banca. Sapete, il Cafe non è lontano da Wall Street. Lui pagava sempre per entrambi durante la settimana, ma lei insisteva sempre per pagare nei weekend. Una volta mi sono detta che era un modo di fare un po' strano, e mi sono permessa di chiedere se ci fosse un motivo particolare. Lei mi ha risposto che doveva sempre trascinarlo al bar durante i weekend: lui voleva sempre tenere lavoro e vita privata ben separati, e non voleva venire in zona anche nei fine settimana. Ma si erano incontrati proprio al Cafe, perciò lei aveva un legame particolare con il locale, e di tanto in tanto insisteva per fare colazione o pranzare lì anche di sabato o domenica. Allora lui acconsentiva per farla felice, e lei pagava per ringraziarlo della gentile concessione. Mi sembrava una cosa così carina.

- Ricorda niente di lui? Magari ce lo può descrivere? - Il detective voleva sapere il più possibile su Bob, qualsiasi cosa Wendy fosse riuscita a ricordare - Ha mai notato qualcosa di unico o caratteristico in lui?

- Ecco, senz'altro era proprio un bell'uomo, e aveva qualcosa di esotico: forse era sudamericano. Era di carnagione abbastanza scura ma aveva gli occhi chiari. Sorrideva sempre moltissimo, sembrava sempre molto felice quando era insieme alla ragazza. Sembravano molto innamorati.

Il dottor Williams pensò che forse le origini sudamericane potevano essere la connessione tra Bob e Ravasio: magari si erano incontrati a qualche evento culturale, o erano vecchi amici di famiglia. Se quest'ultimo fosse stato il caso, allora il legame tra i due sarebbe stato molto forte, e questo avrebbe potuto spiegare come mai Sylvia, una volta saputo della morte di Ravasio, si fosse preoccupata a tal punto per Bob. Ravasio e Bob dovevano essere stati incredibilmente vicini.

- Magari si chiamava Robert, o Roberto? - Il dottor Williams voleva cercare di aiutare Wendy a ricordare qualcosa di più.

- Non credo, aveva un nome più strano, ma non riesco a ricordarlo. Mi dispiace moltissimo, Detective.

- Non si preoccupi Wendy, ci sta già aiutando tantissimo - La rassicurò Mason - Per caso l'uomo aveva un accento straniero?

- No, non mi sembra... No, senz'altro me ne ricorderei. Oh, ed era anche abbastanza più vecchio della ragazza: lei doveva avere ventidue o ventitré anni, ma lui sembrava piuttosto averne trenta, forse trentuno.

- Molto interessante Wendy, mi lasci giusto chiederle un'ultima cosa.

Il detective estrasse l'ultima foto dalla busta, l'ultimo elemento di cui aveva bisogno per confermare la relazione tra Sylvia Fischer, Ravasio Tampara e Bob: una foto di Ravasio. Se il detective fosse stato sicuro che Ravasio e Bob andavano al Cafe insieme, avrebbe avuto le basi per cominciare un'indagine bancaria di dettaglio: avrebbe potuto confrontare i conti di Ravasio, di Sylvia e del Cafe, per identificare Bob una volta per tutte.

Ma prima di mostrare la foto a Wendy, le fece la sua ultima domanda: - Si ricorda se ha mai visto l'uomo senza Sylvia, senza la ragazza?

Wendy ci pensò per qualche secondo: - Mi sembra che venisse al Cafe da solo all'inizio. Poi, se davvero aveva incontrato Sylvia proprio lì, la ragazza doveva aver iniziato ad accompagnarlo nella sua routine mattutina. Credo che sia andata così - Terminò Wendy, alquanto fiera della propria memoria.

- È proprio sicura che andasse al bar da solo? - Il detective chiese ancora: la cosa non gli quadrava - È sicura che non venisse con un altro uomo, più o meno della stessa età? Un amico?

- No Detective, sono abbastanza sicura: veniva o da solo, o con lei, con Sylvia.

- Lasci che le mostri al foto dell'uomo col quale pensiamo che lui facesse colazione la mattina, magari se ne ricorderà - Rispose il detective, mostrando a Wendy la foto di Ravasio.

Lei guardò la foto per un secondo, e sorrise immediatamente: - Perché non me l'ha fatta vedere prima, Detective: è lui!

Il dottore e il detective si sorrisero di soddisfazione l'uno con l'altro: Ravasio era davvero il punto di contatto tra Sylvia e Bob!

- Quindi lei mi conferma che ha visto quest'uomo e il fidanzato di Sylvia insieme al Cafe, giusto? - Chiese il detective, per avere la conferma definitiva.

Wendy sembrò sorpresa: - No, Detective: le ho detto che il fidanzato di Sylvia non è mai stato al Cafe non un altro uomo, era sempre o con Sylvia, o da solo. E questo è proprio lui: questa foto che mi ha mostrato - La donna puntò il dito sulla foto di Ravasio che giaceva sul tavolo - Questo è il fidanzato di Sylvia. È lui.

- No no, Wendy, aspetti: si sta confondendo adesso. Questo non è il fidanzato di Sylvia - Anche il detective puntò il dito sulla foto di Ravasio - Questo è il suo amico, l'uomo con il quale faceva colazione tutte le mattine, prima di incontrare Sylvia.

- No no, Detective - Wendy sorrideva ancora, ma aveva alzato la voce - Le sto dicendo: questo è il fidanzato di Sylvia. Li ho visti insieme ogni mattina per quasi due anni: potrei riconoscerli entrambi ovunque.

Il detective e il dottore smisero improvvisamente di sorridere, e Wendy si rese conto che qualcosa non andava: - Giuro che sto dicendo la verità Detective! Cos'è successo a questi due? Cos'è successo a Sylvia? Perché mi state facendo tutte queste domande? - Continuò a chiedere, sentendosi sempre più a disagio - Perché non li portate qui tutti e due, potrei parlare con loro, mi riconoscerebbero senz'altro! Posso anche venire a New York con voi per parlare direttamente con loro!

Mason non diceva una parola. Guardò il dottor Williams, i cui occhi erano due voragini spalancate. Non potevano credere all'immagine che si stava disegnando davanti ai loro occhi.

Alla fine il detective trovò la forza di parlare, la voce quasi un soffio: - Purtroppo non possiamo farla parlare con loro, Wendy: Sylvia è morta in agosto dell'anno scorso. Ravasio, il suo fidanzato, era morto un mese prima in un incidente aereo.

- Oh no! - Gridò Wendy, coprendosi la bocca con le mani, gli occhi all'improvviso umidi - Non ci posso credere! Come è morta Sylvia?

CAPITOLO 31, GIOVEDÌ 25 SETTEMBRE 2008

Come aveva potuto essere così cieco?

Come avevano potuto essere entrambi così ciechi, sia il dottor Williams che il detective Mason? Eppure era così facile: cosa avrebbe potuto sconvolgere Sylvia Fischer quella mattina di luglio, fino al punto da spingerla a lasciare immediatamente la villa della sua amica agli Hamptons? Cosa avrebbe potuto farla collassare così su se stessa, perdersi completamente, morire? Solo una cosa: la morte del suo unico amore.

Come aveva potuto essere così cieco? Aveva voluto credere, era quella l'unica risposta che era stato in grado di darsi. Dopo che Sylvia Fischer era sparita, il dottor Williams aveva voluto credere che lei fosse felice, che lei fosse esattamente dove aveva voluto essere durante tutti gli anni precedenti. E quando avevano trovato il suo corpo, lui aveva ancora voluto credere che lei avesse trovato la felicità, anche se solo per un attimo, e che poi un qualche incidente l'avesse travolta. Giusto un incidente, un litigio tra innamorati con una fine tragica.

Non poteva accettare questa verità: era il suo medico, l'aveva vista tutte le settimane per molti mesi, come aveva fatto a non capire quello che lei nascondeva, la profonda depressione che l'aveva consumata dall'interno? Il dottor Williams si era detto che lei non aveva voluto far sapere a nessuno come stesse veramente, non era stata onesta con nessuno: la sua famiglia, il suo psicoterapista, neanche con se stessa. E quando un paziente non è onesto con il proprio psicanalista, allora la terapia non funziona, non può funzionare. Eppure, il dottor Williams non riusciva a smettere di torturarsi: avrebbe dovuto capire che lei stava mentendo, avrebbe dovuto riuscire a cogliere un bagliore di quella verità nascosta.

Una settimana dopo che il dottor Williams e il detective Mason avevano scoperto la verità su Sylvia Fischer e Ravasio Tampara, Lester Fischer lasciò la prigione di Rikers Island, e la storia fu pubblicata sul New York Times: come al solito, niente resta segreto a lungo per i giornalisti di Manhattan.

Mistero Risolto: Amanti Riuniti Nel Suicidio
Dopo Più Di Un Anno, l'NYPD Scopre La Verità Su Sylvia Fischer

NEW YORK, Giovedì 25 settembre — La morte porta morte a New York City; una tragedia causa un'altra tragedia. Ricordiamo tutti i due grandi traumi che hanno perturbato i lettori di New York l'anno scorso: la morte di Ravasio Tampara, che fu nostro concittadino, in un incidente aereo in Brasile, e la scomparsa di un'abitante illustre della Grande Mela, Sylvia Fischer. Ma chi avrebbe mai detto non solo che le due morti erano connesse, ma anche che la prima aveva causato la seconda?

La storia che è stata portata alla luce dal detective Zachary Mason, del nostro Dipartimento per le Indagini Criminali dell'NYPD, è un'autentica tragedia.

Scena Prima: 18 luglio 2007. Sylvia Fischer si gode il meritato relax agli Hamptons, dove passa qualche giorno a casa di un'amica. Improvvisamente, su questo stesso giornale, trova una notizia orribile: il suo amore perduto, Ravasio Tampara, l'unico uomo che lei avesse mai amato in tutta la sua vita, è morto in un incidente aereo in Brasile, insieme ad altre 175 persone. Sylvia non riesce a crederci. Non può sopportarlo. Come può essere morto? Avevano passato due anni insieme, dal 1999 al 2000, e la loro felicità era stata totale: si vedevano ogni giorno, passavano tutto il loro tempo insieme, innamorati più di quanto fosse umanamente possibile. Il loro amore era molto esclusivo: non condividevano il loro sentimento con nessun altro. Esistevano solo Sylvia e Ravasio, che lei chiamava Bob, per mascherare amorevolmente le sue origini brasiliane. Ma poi, inaspettata, la prima tragedia delle loro giovani vite: la crisi economica. Il collasso della bolla di internet, in cui Ravasio aveva pesantemente investito, aveva danneggiato molto seriamente le sue finanze, e l'aveva costretto a cercare fortuna altrove, lasciando New York City. E Sylvia. Lei aveva deciso che non avrebbe mai più amato nessun altro uomo, ed aveva sposato un collega di suo padre: Lester Fischer. Sylvia è ora completamente distrutta dalla morte di Ravasio, e si lascia catturare da una profondissima depressione.

Scena Seconda: 13 agosto 2007. Sylvia sente che non può più andare avanti così: decide di farla finita. Ma certe cose non si posso fare semplicemente: vuole che la colpa della propria morte ricada su suo marito, l'infedele e disamorato Lester Fischer. Sylvia decide di mettere in scena il proprio omicidio: una stanza nel caos, un fermacarte coperto di sangue, nessuna traccia del suo corpo. Il compito non è nuovo per lei: ha già inscenato una lotta ed accusato suo marito dei due occhi neri che lui le avrebbe procurato durante un alterco, appena una settimana prima. Il solo sospettato sarebbe stato ancora una volta Lester: l'avrebbe uccisa per non lasciarla andare. Sylvia lascia infine il suo meraviglioso appartamento a SoHo da una porta nascosta nel giardino sul retro, e scompare, per tutti e per sempre. Tutti pensano che sia a Londra con il suo ritrovato amore perduto; Lester è libero per mancanza di prove.

Scena Terza: 17 luglio 2008. L'Ente per la Tutela di Central Park è nel bel mezzo dei lavori per il rinnovo della Camminata e del Lago, quando un grido improvviso immobilizza tutti: c'è un corpo sommerso nel fango. È Sylvia Fischer. Il caso si riapre, Lester Fischer resta il solo sospettato e viene rinchiuso a Rikers Island. Ma qualcosa non torna al detective Mason: non è convinto che Lester sia il vero criminale in questa storia, e continua ad investigare per trovare delle risposte alle sue molte domande. Chi è l'amante perduto di Sylvia Fischer? Dove si trova? Perché non si è rivelato per accusare Lester Fischer dell'omicidio della sua amata?

Scena Quarta: 18 settembre 2008. Dopo due mesi di indagini forsennate, il detective Mason trova finalmente l'unica persona che può identificare l'amante di Sylvia Fischer: Wendy Jones, un'assistente sociale di Anchorage, Alaska. E qui il detective scopre l'incredibile verità: l'amante perduto di Sylvia Fischer altri non era se non Ravasio Tampara, e lei si è suicidata dopo la sua morte.

Volete sapere la morale di questa storia? Se è vero che l'amore è la più forte delle passioni, è anche vero che esiste qualcosa di ancora più forte dell'amore: la morte.

Il dottor Williams stava finendo di leggere l'articolo nel suo studio, quando un leggero bussare alla porta gli fece sollevare la testa dal New York Times; la porta si aprì, e Bradley Hampstead entrò. Aveva in mano un plico di carta, ma per una volta non si trattava di un pacco di disegni. Era una copia del giornale di quel giorno, lo stesso giornale che stava leggendo il dottor Williams, ed era aperto esattamente alla stessa pagina: la storia di Sylvia Fischer.

Bradley Hampstead non aveva mai conosciuto Sylvia Fischer, ma disse al dottore che leggere la sua storia sul giornale lo aveva fatto pensare alla sua di storia. Lui era proprio come Sylvia: perso senza la persona che più aveva amato al mondo; Ravasio era stato per Sylvia quello che il fratello scomparso era stato per lo stesso Bradley, anche se lui era morto molti anni prima. Bradley si era comportato esattamente come Sylvia all'inizio: si era fatto del male per richiamare l'attenzione su di sé, per chiedere aiuto e convincere tutti che non era forte abbastanza da sopravvivere da solo. Non aveva messo in scena una lotta e non si era procurato due occhi neri da solo, ma aveva distrutto a mani nude tutte le finestre del garage di suo padre: quindici anni dopo, non riusciva ancora a stringere a pugno la mano sinistra.

Bradley si era interrogato sulla propria vita molte volte nel corso degli anni, quand'era giovane e la sua perdita era ancora fresca, e anche più di recente, ed aveva sempre pensato che la sua arte l'avesse salvato da un destino molto simile a quello di Sylvia Fischer. La sua arte, e i suoi appuntamenti settimanali con il dottor Williams: Bradley aveva detto al dottore che lui l'aveva aiutato a fortificarsi nel corso degli anni, a trovare l'energia per continuare a lottare ogni giorno, per continuare a camminare per la sua strada.

Il dottor Williams sapeva che la strada era ancora lunga per Bradley Hampstead: avrebbe incontrato dei dossi lungo il cammino, avrebbe avuto bisogno di fare inversione di tanto in tanto, avrebbe dovuto decidere che strada prendere a molti incroci. Ma Bradley aveva qualcosa a cui aggrapparsi, la sua arte era la sua mappa e la sua guida, e il dottore ne era grato.

Quando l'ora di Bradley Hampstead con il dottor Williams era quasi finita, lui disse al dottore che, alla fine, era riuscito a capire come gestire la morte e le paure che da essa derivano, e che gli avevano imprigionato la testa per tutti quegli anni.

Aveva realizzato, disse, che non voleva morire.

- È il paradosso di tutti e nessuno: nessun essere umano al mondo può sostituire la persona che abbiamo perso - Bradley disse alla fine con un sorriso, prima di lasciare lo studio del dottor Williams - Ma tutti quanti, insieme, possono riempire qualche spazio vuoto nella nostra vita.

CAPITOLO 32, GIOVEDI 18 DICEMBRE 2008

- Dottor Williams? È ancora qui?

Martin aveva bussato alla porta dello studio, ed aveva iniziato ad aprirla lentamente.

- Sì, sono ancora qui. Lo so che è tardi, ma tra una settimana è Natale, e voglio aver finito tutto per allora: devo riascoltare delle registrazioni, ricontrollare degli appunti, e completare un paio di piani d'azione per i miei pazienti. Non credo che riuscirò a finire tutto stasera, ma devo comunque farlo prima o poi: parto per la Florida il 23.

Martin non poteva fare a meno di pensare a quanto la morte di Sylvia Fischer avesse cambiato il dottore: aveva perso la sua calma, quel suo modo di fare tranquillo e rilassato, e aveva iniziato a registrare tutte le conversazioni con i pazienti, a scrivere e riscrivere tutti gli appunti, a rivedere tutto il materiale in continuazione. Si sentiva ancora responsabile per la morte di Sylvia: pensava che, se soltanto avesse ascoltato di più e fosse stato un medico migliore, lei non si sarebbe uccisa, e sarebbe venuta ancora nel suo ufficio ogni giovedì pomeriggio. A causa di tutto ciò, finiva per passare tutte le sue giornate e serate in ufficio.

Martin non pensava affatto che il dottor Williams fosse responsabile per quello che era successo, ed era sicuro che quello non era il modo giusto per migliorare le cose. Ma cosa poteva dire al suo capo?

- So che è impegnato, Dottore, e non volevo disturbarla, ma c'è qualcosa che credo lei dovrebbe sapere.

Il dottor Williams si incuriosì subito: - Dimmi Martin, non preoccuparti.

- Va bene, so che le sembrerà strano, ma riguarda la signora delle pulizie: sa, quella signora tanto gentile che viene a pulire le toilette ogni sera? - Il dottor Williams annuì - Se ne è appena andata, ma prima di uscire mi ha detto che ha trovato qualcosa nel bagno delle signore, una specie di pacchetto, e pensava che fosse nostro. Dice che l'ha trovato nascosto dietro alla colonna del lavandino. Vuole aprirlo insieme a me?

Martin sembrava esitante, ma il dottor Williams era sempre più curioso: - Certo che voglio, dove l'hai messo?

- È alla mia postazione, nella sala d'attesa. Dottore, non credo che sia una bomba - Aggiunse Martin quando i due uomini ebbero raggiunto il suo bancone nell'altra stanza - Ma se lo è e moriamo entrambi, per favore si ricordi che ho veramente adorato lavorare con lei, e giuro che non volevo ucciderla.

Il dottor Martin non sapeva se voleva ridere o se avrebbe fatto meglio a preoccuparsi.

- Stai tranquillo Martin - Disse poi - Non sento nessun ticchettio, quindi in teoria non dovrebbe essere una bomba...

Il dottore prese in mano il pacchetto: sembrava una scatola avvolta in un sacchetto di plastica. Estrasse la scatola dal sacchetto, e si rese conto che era avvolta in un altro strato, della carta di giornale.

- Crede che dovremmo rimuovere anche la carta, Dottore? - Martin sembrava veramente preoccupato a questo punto.

- Sono sicuro che non ci farà alcun male.

Il dottor Williams strappò la carta, e lui e Martin poterono finalmente vedere cosa fosse il pacco misterioso: una scatola di pelle nera, molto bella, un oggetto molto raffinato con due iniziali incise, SB.

Un brivido corse lungo la schiena del dottore quando toccò la pelle della scatola: cos'era?

- C'è una serratura - Disse Martin - Non mi sembra che la chiave sia dentro al sacchetto di plastica, non credo di averla vista. Peccato. È davvero una bella scatola, sembra una di quelle di Tiffany.

- Tiffany?

- Esatto, credo sia una scatola di Tiffany: vede com'è fine? E c'è il logo qui sul fianco - Aggiunse Martin, mostrando al dottore un'altra piccola incisione.

Tiffany! Ora il dottore ricordò: poteva davvero essere lei?

Guardò ancora le iniziali incise sul coperchio: SB, Sylvia Bloomshield?

- Martin, chiama l'NYPD per favore.

- Vuole riportare il ritrovamento?

- Non esattamente - Il dottore sorrise, per la prima volta in molti mesi: forse sarebbe riuscito a capire qualcosa di più su Sylvia, e magari si sarebbe sentito meno responsabile della sua morte - Voglio vedere cosa c'è dentro.

Sul taxi dal suo ufficio al primo Distretto, il dottor Williams continuò a pensare alle parole del detective Mason al telefono: "Era il pezzo mancante, Doc! Sono sicuro che non è solo una coincidenza: deve essere la scatola di Sylvia!". Era d'accordo: doveva essere lei.

Pagato il taxi, non senza una generosa mancia in clima natalizio, il dottore chiese del detective Mason all'ingresso degli uffici del Distretto; un poliziotto lo accompagnò in una piccola stanza che lui conosceva già molto bene: aveva letto tutti i diari di Sylvia in quella stessa stanza, e lì aveva cercato di decifrare il destino della giovane donna. La stanza era identica a come la ricordava: in fondo erano passati solo pochi mesi.

- Doc, non pensavo che l'avrei mai detto, ma sono davvero felice di vederla! - Il detective sorrideva convinto - Come sta? Ce l'ha con lei?

- Anche io sono contento di vederla, Detective - Il dottor Williams restituì il sorriso - Sto abbastanza bene, e ce l'ho qui con me - Aggiunse, mostrando la scatola all'investigatore.

- Credo proprio che sia lei, Doc: ho qui le foto, sa, le foto del modello della scatola per gioielli di Sylvia Fischer, e mi sembrano proprio identiche.

Aveva ragione, sembravano proprio uguali. Il cuore del dottor Williams stava accelerando la sua corsa.

- Cosa pensa ci sia dentro? Un messaggio per me? Perché avrebbe lasciato un messaggio?

- C'è solo un modo per scoprirlo Doc - Rispose il detective, porgendo al dottore una piccola chiave, la stessa che Sylvia portava appesa ad una collana, come un ciondolo, quando il suo corpo era stato ritrovato - A lei l'onore.

Il dottor Williams prese la chiave dalla mano di Mason, la estrasse dal sacchettino di plastica in cui era conservata e la infilò nella serratura della scatola per gioielli. La chiave scattò, girò, e la scatola si aprì. C'erano dei fogli di carta all'interno, messaggi da Sylvia.

Il dottore riconobbe immediatamente il primo pezzo di carta: - Detective, guardi qui - Disse, indossando i guanti di lattice che il detective gli stava porgendo, e puntando un dito di plastica sul foglio di carta - È l'articolo del New York Times sulla morte di Ravasio.

- Se solo l'avessimo trovato prima - Sospirò il detective - Avremmo avuto così tante risposte a così tante domande.

- Ha ragione, ma almeno l'abbiamo trovato: era nascosto da qualche parte in uno dei bagni del mio ufficio. La signora delle pulizie avrebbe potuto semplicemente pensare che fosse spazzatura, e gettarlo via.

- Mi piace la sua donna delle pulizie - Disse Mason con un ghigno - È intelligente. Cos'altro abbiamo qui?

Il detective rimosse l'articolo di giornale, ancora piegato, e lo appoggiò sul tavolo accanto alla scatola. Un foglio scritto a mano giaceva sotto all'articolo.

"Giovedì, 9 agosto 2007
Caro Alexander,
Questo piccolo messaggio per te sostituirà il mio diario, per oggi. Cosa posso dire: spero che mi perdonerai un giorno. Sono veramente dispiaciuta: ho dovuto mentirti e coinvolgerti in questa storia, ma non avevo altra scelta.
Avrai forse indovinato che la morte di Ravasio si è portata via la mia vita. Ma non volevo che lui fosse responsabile della mia morte: non voglio che qualcuno lo ritenga colpevole. Voglio che quel mucchio di sterco di Lester sia colpevole. Per questo ti ho raccontato quella piccola menzogna su Lester, sul fatto che mi avesse colpita, per far sembrare tutta la storia più convincente: spero che tu mi possa perdonare anche per questo. E poi farò in modo che Lester sia davvero colpevole della mia morte. Ho già un piano, abbastanza semplice a dire il vero: gli dirò che lo lascio, e spero giusto che diventi geloso, che si arrabbi e che mi uccida. Se non dovesse funzionare, mi getterò nel Lago: mi piace quel posto, mi piace l'idea del mio corpo disteso nelle sue acque per

tutta l'eternità.

Voglio però essere sicura che tu non ti senta responsabile di quello che succederà, perché non lo sei. Mi hai aiutata così tanto, Alexander, durante i mesi in cui ci siamo parlati. Sei il migliore psicoanalista che abbia mai incontrato, ma non c'è niente che tu possa fare per farmi cambiare idea. Niente.

Non ho più una ragione per vivere ora: non mia figlia, non i miei genitori, senz'altro non mio marito, o tutta la gente che vediamo, tutte le cose che facciamo.

Come ha fatto la mia vita a diventare così completamente priva di senso? Non lo so, ma per questo ora deve finire.

Ancora una volta, perdonami Alexander, e trova la tua felicità. "

Gli occhi del dottor Williams erano umidi, la sua voce non produceva parole.

- Gliel'ho detto così tante volte Doc - Il detective disse dolcemente - Non è stata colpa sua: sono sicuro che lei è stato un medico straordinario per Sylvia, e che, come ha detto lei stessa, non c'era niente di più che lei avrebbe potuto fare per aiutarla. Era troppo disperata per risollevarsi: la depressione, più la morte di Ravasio, le sono state fatali.

- Lo so Detective, lo so. Ma avrei potuto fare qualcosa di più, magari avrei potuto salvarla.

Il detective mise una mano sulla spalla del dottor Williams, per cercare di convincerlo che aveva fatto tutto quello che poteva, considerando che Sylvia non voleva affatto essere aiutata.

Il dottore ringraziò Mason, e rimise la pagina di diario nella scatola. Prese poi in mano l'articolo di giornale e lo aprì sul tavolo, per leggerlo un'ultima volta. A quel punto la vide: una frase scritta a mano sopra al titolo dell'articolo:

"Nessun essere umano al mondo può sostituire la persona che abbiamo perso".

Era la stessa frase che aveva sentito dire da Bradley Hampstead qualche mese prima. Non l'aveva dimenticata, specialmente la seconda parte: "Ma tutti quanti, insieme, possono riempire qualche spazio vuoto nella nostra vita". Sylvia non aveva capito la seconda parte, e non era riuscita a combattere i suoi demoni, a trovare la sua pace.

Alexander Williams sospirò e guardò il suo riflesso nello specchio della stanza del Distretto di Polizia: sapeva che era vero. Sapeva che Bradley Hampstead aveva ragione, e che lo stesso dottor Williams doveva riempire qualche spazio vuoto nella propria vita, combattere i propri demoni, il senso di colpa.

Avrebbe mai trovato la sua pace? Un giorno, forse, un giorno.

TUTTI E NESSUNO

L'AUTORE

Annalisa Conti vive e scrive a New York, dove abita da molti anni. I suoi libri parlano di donne, esseri umani a tutto tondo che affrontano drammi e sfide, trovano la felicità, subiscono fallimenti. Persone normali.

Chi ama Jane Austen per la sua ironia sincera, Gillian Flynn per le sue esplorazioni dei chiaroscuri della natura umana, ed Elena Ferrante per le sue storie coinvolgenti, troverà i romanzi ed i racconti di Annalisa estremamente appassionanti.

E' stato recentemente pubblicato NINE ("Nove") il suo terzo romanzo in lingua inglese.

Il suo secondo romanzo in lingua inglese, AFRICA, e' stato Amazon Kindle #1 nella sua categoria. Le recensioni lo descrivono come la storia "affascinante" e "sorprendente" di un viaggio fino alla fine del mondo, "potente e drammatico, e ottimamente integrato in una scenografia incredibile".

Annalisa e' anche autrice di ALL THE PEOPLE (tradotto in italiano come "Tutti E Nessuno"), un romanzo costruito intorno ai segreti nella vita di una donna. Le recensioni raccontano come "non si riesca a staccare gli occhi" da questo romanzo, un'opera che "cattura l'attenzione del lettore fin dalle primissime righe", e che offre "un'analisi psicologica molto profonda ed accurata".

Annalisa pubblica episodi trimestrali della raccolta di racconti in lingua inglese THE W SERIES ("Storie di W"), che descrivono il mondo di W, un supereroe come nessun altro. Le recensioni definiscono i racconti di W come "delle classiche storie d'azione, ma in qualche modo ineguagliate nel panorama contemporaneo", con uno "stile ricco di azione e spunti visivi, come fosse preso direttamente da un fumetto Marvel".

I lettori potranno trovare le opere di Annalisa Conti in libreria e online:

Nine, romanzo (2018)
Africa, romanzo (2015)
All The People, romanzo (2014), in Italiano come Tutti E Nessuno (2015)

The W Series, raccolta di racconti (a partire dal 2016)

Per trovare piu' informazioni:
www.annalisaconti.com
Twitter @AnnalisaContiUS
www.facebook.com/AnnalisaContiAuthor

www.ingramcontent.com/pod-product-compliance
Lightning Source LLC
Chambersburg PA
CBHW051500170626
46811CB00002B/565